寂寞作為一種迷人的慢性病

Loneliness is a Symptom of Chronic Desire

少女A・趙又萱
Abby Chao

1

/ LOVE /

每一場盛宴作爲青春的輓歌

台北老公寓愛與恨 012

每一場盛宴作為青春的輓歌 018

過境模式愛情，可以轟烈，不能走心 024

永恆戀愛之城下，過期的愛情 032

渣男渣女學 040

每個人身上，都鬧著前任的鬼 046

詩人的新情人 050

You like father? 056

交友軟體任意門，飛越愛情同溫層 062

愛情的逃亡者：熱帶夜晚的一場雨 068

2

/ LIFE /

寂寞作爲一種迷人的慢性病

美好形象之必要 078

梵蒂岡奇遇 084

每一個旅行成癮者，都是詩意成癮者 088

披著人皮的吸血鬼們 094

我討厭《Eat, Pray, Love》 100

成為後天性內向者 106

寂寞作為一種迷人的慢性病 112

成年人的社交障礙 122

地獄，陽光普照 130

道別的最好方式 138

3

/ DESIRE /

雜交派對的壁花

比情色更情色的事物　146

霓虹末世　152

開放式關係實驗記　158

性愛即興樂　166

二十三歲的他，四十三歲的他　172

高學歷陪酒小姐　180

雜交派對的壁花　188

清晨六點在陽台抽菸的男人　194

我的裸奔，不用你的同意　200

4

/ Strength /

Lost and Found

女為悅己者容，那個人是我自己 208
賢妻良母與伴遊女子，以及她們的男人 214
新時代女性 224
精緻成本學 232
猥褻的創傷沈積 238
活在一個充滿惡意的世界 244
巨嬰不適應症 252
一邊工作，一邊旅行，一邊崩潰 260
無夢可做的童話世界 266
月經，睡眠，分泌物 272

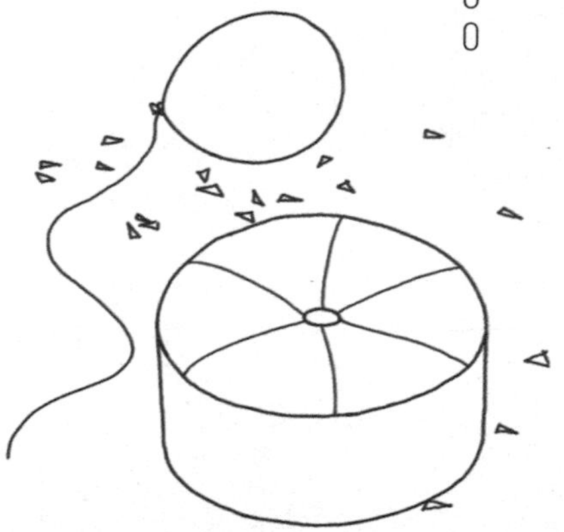

1

/ LOVE /

每一場盛宴作為青春的輓歌

台北老公寓愛與恨

台北街巷，老公寓四面八方野蠻生長，有的層疊交錯如老舊電路板，有的像年久失修的集合式牢籠。那些鐵窗、冷氣機，以及潮濕的灰牆背後，有多少個愛情故事生生滅滅，在一處正要綻放，另一處卻在崩潰邊緣？

台北的公寓，目睹了太多都市男女的故事，也容納了太多的光怪陸離。人以為自己只和另一個人談戀愛，卻沒意識到自己其實也在和公寓談感情。

租屋，類似一種相親，你在網路先瀏覽對方照片，覺得長相還可以，就約見面。你可能要同時和數個對手搶一個房源，得與失只在電光石火之間。當你終於得到理想中的它，便開始與它培養感情：添購新的家具、換掉舊的紗窗、生氣時搥它一拳，深夜在它懷中哭泣。這段關係或許會長跑十年，也可能五年內就終止契約，或許是你找到了更好的對象，或許是你們的生活理念漸行漸遠，也可能是痛苦的回憶深深嵌入房子的皺紋肌理，每次見到總要傷心。於是，有人風度翩翩打包離開，也有人選擇一把火全部燒去。

大學畢業後，我斷斷續續當了六年的租屋族。當時本身條件不好，手頭沒多少預算，因此住過不少狀態荒謬的地方。第一段關係，是捷運文湖線旁邊的一層老公寓，這個「旁邊」，真的是字面上的旁邊。我的臥室陽台外面，就是文湖線的鐵軌，每隔幾分鐘就會聽見捷運轟轟隆隆地駛來，如果你常坐這個路線，極有可能看過我晾在外面的內衣褲。公寓視覺上是兩房一廳，但所有隔間的牆壁都薄如木片（實際上就是木片），指關節輕輕敲打，會聽見「咚咚」的空蕩回音。無時無刻都吵到不行，人在室內卻老覺得置身室外，每隔幾分鐘就是捷運經過的噪音，底下復興北路永遠喇叭車聲川流不息，隔壁棟鄰居上天台來曬衣服也總是聒噪不已。

但問題最大還不是噪音，而是整體屋齡。房子實在太老，修什麼壞什麼，有人說，「神」關你一扇門一定會幫你再開一扇窗，但我的神卻讓我壞了熱水器，還一定再讓管線故障。我曾經寒冬臘月洗冷水澡，因為水電工下午來修了晚上又壞掉，那天恰好去了酒吧渾身菸味，最後只好硬著頭皮淋浴，洗到最後悲哀情緒一湧而上，一個人在氣溫九度的簡陋廁所裡流下冰涼的淚水。是誰說Young後面是接Wild and Free，我想大部分人都是Young, Broke and Clueless吧。

老公寓不堪使用，無論怎麼勤奮地掃地、拖地，過沒幾天就又蒙上一層不知哪裡吹來的雜質塵埃，赤腳踩在上面總是沙沙的。那時，我在一家媒體公司工作，常常有品牌贈送的精美禮品，那些在外要價幾千幾百、放在展示架上看起來很高級的東西，帶回我家看起來都和二手垃圾沒兩樣，任何人若有物慾過剩的困擾，只要來我家一趟，馬上就能頓悟物件定價都是浮雲、價值在於個人眼中的道理。

好不容易撐完了一年租約，我和男友幾乎逃難一樣，倉皇地租下另外一間公寓。

這一次，我們租了間熱水供應穩定、牆壁是水泥不是木板、才剛裝修好不久的套房。唯一問題是，這間套房，位在一棟屋齡超過二十年的老國宅內，隔壁棟還曾經失過火、鬧過鬼，上過幾次社會新聞。

這棟河邊國宅，像個年邁的巨大怪獸，皮膚又髒又皺，因為很少起身活動，到處不是生鏽就是積塵，整個黑黝黝的，燈開再多還是覺得陰暗。站在走廊這一頭望向另一頭，深不見底，一路過去都是家家戶戶堆在走廊上的鞋子、雜物箱、腳踏車，還有一整排上了防偷鎖鏈的瓦斯桶，每回經過，都情不自禁聯想到未爆彈。如果不是有人在天花板上拉一根線曬衣服，或嘗試在陽光其實照不太到的地方種植花草，這個地方，簡直就像杳無人煙的廢墟。

我與鄰居的互動也不十分光明，隔壁住著一個獨居老太婆，每次在門外巧遇，總是露出質疑眼神，從不打招呼。而國宅的樓梯間常遺留著殘有不明白粉的小夾鏈袋，有天晚上我回家，看見兩個警察一前一後在一扇門前埋伏，氣氛緊繃，似乎正準備逮捕某個即將從屋內走出來的人。於是我只好繞道上樓。

很多朋友來拜訪後，都嘗試不傷害我的感情地問我，「為什麼要住這種地方？」其實我也說不明白，或許是穩定供應的熱水，或許是便宜的租金，或許是按下按鍵就會從地板自動上升的日式小木桌，或許是樓下一整排的熱鬧夜市。也或許，我偷偷相信這種藏污納垢的地方，總是藏著有趣的故事。

和這種房子發生關係，就像交了一個外表萎靡頹廢，三十五歲存款不到十萬，卻說在搞藝術，脾氣還有點陰晴不定的男友。妳看到了他毫無修飾的生命力，洞見了他身上矛盾共存的善與惡，又對他怪異中帶著溫柔的性格湧生獵奇的愛意。更重要的是，妳知道無論當下陷得再深，愛得再狂，其實大格局來看都不關妳事，因為妳早知道這段愛情不會持續一輩子。

愛情這種主觀的東西，說的再多，旁人或許還是不會懂。在台北租公寓就是這樣，像一段又一段長長短短的戀情。你可能是屈就著、湊合著住下了；明明已經不愛了、不適合了，卻因為習慣了而繼續耗著；總是眼巴巴羨慕別人的三房兩廳，但太高級的攀不上，只好降低標準於普通小套房；有時候你其實不是真的愛一個人，卻因為對方住的很高級，於是和他回家。

為什麼會租一間房子，有時候和為什麼要跟某個人交往一樣，很難解釋。但時間會讓悲劇變成喜劇，當時要是和家人坦白我的租屋實況，他們或許隔天人會直接出現在門口，逼我強行搬家。但幾年後講出來，人終究沒事，再暗黑的故事都會變得有點好笑。租房是這樣，愛情是這樣。

都會男女與台北公寓們的愛與恨，有好有壞，有淒涼有輝煌，但終究是一生無可取代的生活記憶。幾年前搬離老國宅的最後一晚，散佈整屋的物品全都收拾裝箱，一切光禿禿空蕩蕩的，好像什麼都從來不曾留下。我跑到頂樓的露臺去，往遠處眺望就是星火閃爍的台北河川，耳裡聽見家家戶戶尋常夜晚的電視聲，空氣中還殘留一點晚飯剩下的味道。看著萬家燈火螢螢閃爍，即便樓下可能住著某個毒販，一切看起來還是無可救藥的美。

最美的是，搬家前清出來幾大箱的雜物，正愁不知該怎麼丟棄，隔壁深居簡出的老太婆突然現身光天化日，說這些不要的東西，她都要了。

走的時候，瀟灑清爽。

每一場盛宴作爲青春的輓歌

母親確診罹癌後的那段時間，我常跑醫院，一夜沒睡，在清冷的大廳等候，只為搶到熱門名醫的候診名額。手術後，母親在醫院住了一陣子，我每天下班後去看她，與家人圍在病床邊說說笑笑，想用輕鬆的語氣及輕快的幽默，稍稍掩蓋病榻上蒼白萎靡的病氣。晚飯後母親累了，我便收拾東西，起身離開。

我沒有直接回家，而是搭捷運直奔一棟老舊大樓，按下電梯，來到一家燈光昏黃陰暗，鋪著華麗花紋地毯的隱密旅館。那裡的一切都是磨損的，空氣中的浮塵、生長鏽斑的鏡子，還有老舊櫃檯後方，那留著前短後長狼尾頭，笑起來滿口黑腐爛牙的櫃檯阿姨。比起明亮清爽的現代旅館，這種不見天日、專為幽會而生的場所更令我感到心安，彷佛心底所有的不安都能暫時被安穩藏匿。我總要求同樣的房號「六〇五」，那是唯一一間看得到外頭街道的房間。

不久後，K來了。

還沒寒暄幾句，我們便久旱逢甘霖般，在濕熱的吻中一件一件剝下彼此的衣服，倒在床上激烈纏綿起來。這樣的夜晚，總是在醫院探病後發生。我渴望的並非全然是性，而是肌膚貼著肌膚，氣息疊著氣息，那溫暖如深冬壁爐火光帶來的安全感。在那樣的時刻，我閉上眼睛，將全部的專注力集中在皮膚表層，感受K炙熱的溫度與我結合，一點一滴，從毛孔鑽進，慢慢融解掉我體內堅硬陰森的冰冷。

後來母親回家養病，同時進行化療，原本豐厚的一頭黑髮，全剃光了。表面上，我表現得一切如常，卻忍不住注意著母親身上的變化。她的頭髮沒了，指甲變得又脆又黃，為了對抗化療而拼命進食的身體日漸臃腫，眉毛似乎也變得稀疏了，乳房上的凹陷，每每瞥見都是怵目驚心。

曾經美麗的母親，變得不忍猝睹。

有天半夜我回到家，還沒開燈前，就被沙發角落的人影給嚇了一跳，緩過呼吸後再細看，才發現那原來不是什麼人，只是母親的假髮造成的錯覺。那個瞬間，我的胸口突然向內塌陷，陷落成空蕩蕩的黑洞，頭重腳輕，呼吸急促，腦中只有一個念頭瘋狂盤旋著：我想見K，我想見K。

那段時間，每當我在鏡子前上妝，凝視著容貌的蛻變，心情不再是過去單純的滿足愉悅，而是隱含了更多的焦慮惆悵。我看著鏡中的自己，拉拉眼角、轉轉側面，觀察著是否多了條細紋、皮膚是否下垂了一吋，心驚肉跳，微小的不安細緻如紙割。

我想到那頂假髮，想到曾經豐腴亮麗的母親現今如洩氣氣球般一夕變老的衰敗模樣，驚異之間，升起了深深的哀愁。那是我年輕的人生中，第一次深刻體察到，再美的容貌都會衰弛，再強烈的魅力都會過期，時間走了，青春走了，神走了，剩下的冰冷殘局，留下手無寸鐵的人獨自面對。

曾經讀過一個研究，說那些喜歡泡熱水澡的、鍾情暖厚針織衫的、愛好喝熱飲的，往往都是些內心帶傷、需要被溫暖的人。先不論這些研究到底有多科學，至少每當我寂寞的時候，抱著一個溫暖的人，感覺真的好了一點。

在K之後，我繼續進出於一段又一段非正式關係，需索無度地渴求由體溫、體液與體香交織而成的篤實溫暖。一開始，我只要求最直接而實在的肉體結合，後來胃口越來越大，我還渴望他人熾熱的真心。

後來，母親的病情穩定下來了，而我卻成了一個濫情者，欠了一屁股無從償還的情債。

朋友以為我桃花爛漫，但我心底比誰都清楚，濫情者表面越是自信風光，內裡越是乾癟惶惑，一個完整的人，靠自己的氣血循環便能自給自足，但一個缺乏底氣的人，只能去掠奪別人的溫熱血液，來灌溉體內的荒蕪。

濫情者於是夜夜笙歌，感情不輟，盛宴一場又一場，永不停息。驅動的是粗暴的性慾，也是摧枯拉朽的無聊，歡騰喜慶背後，是在人生必然的凋零面前，提早獻祭給青春的輓歌。

母親歷劫歸來後，進入了深居簡出的療養日子。

母親過去是個大而化之，喜歡說笑的人，與死神驚鴻一瞥後，原本的樣子一下變了許多，性格內的焦慮與神經質成了主導，日日夜夜所心所念所思所想，只有早睡早起與清潔養生，一天大半時間在格局封閉、光線不足的家裡洗菜做菜、看電視、做養生操，人生中其他的，大都喪失興趣，漠不關心。

母親的巨大轉變，源自疾病，更源自對死亡深深的恐懼。而恐懼是會傳染的，那段期間，每隔幾日我便得從高壓的家裡逃出來，去某個情人那裡住上幾天，平衡了生命的光熱與死亡的空無後，才有力量與勇氣再次回家。

在這樣的反覆輪迴中，我浮沉許久，每一段感情都差不多的開始、差不多的結束，愛情的各種階段也都大同小異，塗上口紅、擦上香水、穿上華服，然後再一一褪下卸除。人生的盛宴到最後，竟然全都混為一色，面目全非。母親為了逃避死亡而活，生活反而佈滿了死亡的氣息；我為了逃避青春的逝去而活，卻在錯待自己與他人中，蹂躪了青春。

然而，這場病雖然奪走了生活的安穩，卻悄悄為我們開啟了新的大門。壓力讓人成長，恐懼讓人突破，而智慧與歷練的增長，是為了服務當前人生的需要，更是為了安撫嚴重受驚的靈魂。最終，隨著時間慢慢過去，我們的神經漸漸放鬆下來，開始戰戰兢兢地伸出觸角，在新鮮而陌生的空氣中，試著發掘能夠繼續好好活下去的方式。

許久後的某一天，我和母親一起去逛街，我挑了幾件衣服要去結帳，轉頭發現，母親也挑了件衣服要買。生病過後，她是不買衣服的，除了無心打扮外，也覺得自己變醜了，怎麼穿都不好看，買了只是徒增感傷。我看著她手裡的衣服，看著她興致高昂地在穿衣鏡前擺姿勢，沒有說什麼，心卻驀然清朗起來，好像積壓已久的烏雲，隨著久違的清風吹拂，一片一片散去了。

更後來的某一天，我在一個真心喜愛的人身邊醒來，心裡靜靜地嘆息著，原來親密關係也可以如此放鬆自在，如此心無旁騖，如此毫無目的。只因那裡頭的恐懼消失了。

過境模式愛情，可以轟烈，不能走心

年少時，第一次看《愛在黎明破曉時》（Before Sunrise），內心大受感動，移動的火車、陌生的國度、千載難逢的愛情，從此成為我的旖旎憧憬，幻想著有一天，我也會在旅途中遇見一個心靈相通的旅人，在世界的某個角落，共度一生難忘的夜晚。

時間往前快轉幾年，來到我第一次獨自出國旅行。

那時的峇里島正值雨季，午後大雨傾盆而下，一片蒼白雨幕中，萬物俱寂。直到傍晚雨勢才逐漸停歇，熱氣伴著水氣從地面蒸騰而上，又濕又悶，燥熱難耐。原本躲雨的人，一個一個出現在旅館的泳池邊，有的縱身躍入清涼的水中，有的倚在池邊淌著汗喝冰啤酒。

眼前這些青年男女，穿著清涼寬鬆的衣服，露出底下柔韌健壯的身體線條，皮膚受到熱帶豔陽的長日烘烤，泛出一層溫潤迷人的光澤，摻著海鹽的頭髮被海風吹絞在一起，半乾半濕地貼在赤裸的後頸。絢爛夕陽下，他們的睫毛像羽毛般耀眼輕盈，眼神既空洞又深邃，裡頭安放著海洋、叢林與雲朵，還有一團團困惑又濃烈的慾望。

旅人眼中總有一抹難以言喻的慾望。那是逃脫了日常軌道而釋放出來的野性，是在新的遊戲規則裡大展身手的亢奮，是與未知新鮮事物接觸的焦慮，是平凡人生可被救贖的一線希望。來到一個全然陌生的國度，我們才發現自己渴望與失落的事物竟那麼多。

在泳池邊，一個女人告訴我，她在青年旅館住了五天，到過五個不同的房間，和五個不同的人共度春宵。

一個男人告訴我，他喜歡的是生理女性，但在旅行時，他並不排斥和變性者一夜情。

一對在海邊酒吧認識的情侶，請我喝了兩杯酒後，問我想不想去泡他們飯店的按摩浴缸。

身處陌生地帶，一切似乎都被高度情慾化，空氣間流竄著電流般若有似無的試探，每句不經意的話語似乎都別有涵意，每副眼睛好像隨時都在眉目傳情。今天是你與他，明天是他與她，後天是妳與他與他，旅人們分開又結合，親密又疏離，而旅行本身來來去去的本質，似乎一定程度合理化了所有的不負責任與漫不經心。

今日披星戴月共賞美景，明日大夢初醒各奔東西，那樣的自由與輕率，令人心癢，也令人憂傷。看著眼前徹夜狂歡、情感過剩的男女，不禁好奇，他們在原本的生活裡，也是這樣愛著的嗎？

旅程中，有時候愛情不再只是愛情，愛情成了旅遊故事的紀念品。

當旅人踏上異國土地，手機調上「飛行模式」，感情也開啟了「過境模式」，他就準備好要去掠奪一些東西，而有些人的真心，注定躲不過被慘烈犧牲的命運。

想起了友人H的故事。幾年前，她在澳洲雪梨一家酒吧打雜，在那裡，她認識了同樣也來打工度假的年輕酒保。兩人認識的第三天晚上，就在酒吧陰暗的後巷裡濕熱舌吻，手上的香菸還沒來得及抽完。

後來的幾個月，他們在酒吧同進同出，沒班時，就相偕在雪梨的大街小巷閒逛，或是賴在彼此的家裡做飯看電影。不久後，男人提議兩人正式在一起，H答應了，但她一直沒有和他說，她在台灣其實有個感情穩定的男友，眼前的他，只不過是她旅遊體驗的一環、外地生活的夥伴，而她認為自己沒義務什麼私事都向他一一報備。

H回程機票的日期一日一日逼近，終於，分離的那天來了，他們在機場淚流滿面、難分難捨，男人已經買好兩個月後飛往台灣的機票，等著澳洲這邊的事情收尾後，再續前緣。

回到台灣後，H的過境模式隨之關上，生活步入常軌，她搬回男友的家。後來她傳了封訊息給澳洲的他，大意是：「很愛你，但還是決定回到前男友身邊，出國一趟才發現他對我很重要。」

然而H與男友，自始至終都是在一起的。

另一個朋友N，則是過境模式的受害者。

她在台北一場朋友聚會上，認識了從香港來出差的他。那男人笑起來像大男孩般真誠親切，言行舉止溫柔有禮，他和N互有好感，離開前，兩人交換了彼此的聯絡方式。

兩週後他又飛台北，主動傳訊息問N要不要見面。那晚，兩人從餐酒館出來，酒足飯飽、相談甚歡，心情愉悅地牽起手，在空曠的敦化南路上慢慢散起步來。男人熱切地談起未來在台北定居的可能性，並提議下個月到菲律賓出差，N也跟他一起去。原本對遠距離戀愛心存疑慮的N，聽見他態度真誠地談著這些，心防一點一點卸下，忍不住偷偷甜甜地想著，或許只要相愛，什麼障礙都能解決。他回香港前的那個週末，他們日夜纏綿，難捨難分。

分別的清晨，鬧鐘一響，他便毫無眷戀地起身洗漱、收拾行李，她見他手腳急促，也趕快從溫暖的床裡爬起來穿衣。到樓下叫了去機場的計程車後，他們站在空蕩冷清的街上等著，天氣還不錯，清透的藍天似乎還殘留著隔夜的星星，他卻有點心不在焉，不時打開手機查看國際新聞與股市消息。N有點睡眠不足，也有點手足無措，她感覺到他現在不想說話，於是只好乖乖站在一旁假裝忙著滑手機，全身的毛細孔卻都隱約不祥地察覺到，他似乎不太一樣了，但一時又說不上是哪裡不同。

車來了，他和司機合力把行李搬到後車廂，然後俐落地跨入了車內，和N匆匆說了句再見，就關上車門，走了。

之後整整三天，音訊全無。N既困惑又焦慮，在心裡設想了幾百種可能性，自尊心像刀割般隱隱刺痛。忍到第五天的晚上，N終於傳了一封訊息試探：「下次什麼時候來？」一小時後，他回覆了：「不確定，要看客戶。」N在手機旁邊又守了兩個小時，確認他真的沒有其他話要說，這才恍惚地接受了感情已經結束了的事實。

過境模式的愛情，說好聽是異國豔遇，說難聽是無償伴遊。

《愛在黎明破曉時》的席琳與傑西，在前往維也納的火車上相遇，度過了魔幻而難忘的一晚，但快樂的同時也不禁悲傷，因為兩人心底都知道，黎明來臨，就是他們各奔東西的時候。回想這一夜的奇遇，一陣悵然，懷疑今夜的愛情之所以難忘，會不會其實與彼此無關，而是因為它有清楚的結束期限？沒有了漫無止盡的明天，今天才顯得獨一無二，值得被好好珍惜。

然而，傑西與席琳的天造地設，畢竟只是萬分之一，真實世界的我們卻連發票都沒中過幾次。電影裡的旅程邂逅總是真摯美麗，但現實中的人們，卻往往只是寂寞妄想碰上另一個寂寞妄想。
過境愛情，過了就煙消雲散。但這種虛無縹緲、捉摸不定，或許也是「浪漫」的一種本質，可以共襄盛舉，但絕不能輕易走心。

1／LOVE：

每一場盛宴

作為青春的輓歌

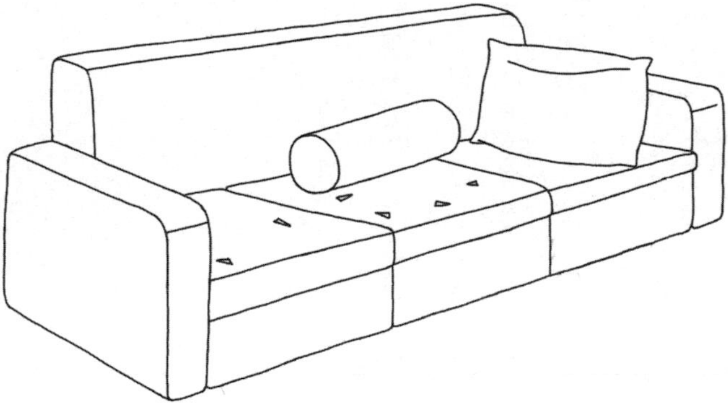

永恆戀愛之城下，過期的愛情

手機跳出一封訊息，來自一個熟悉又陌生的名字，寫著：「妳好嗎？」簡簡單單三個字，卻喚醒我驚心動魄的回憶。五年了。閉上眼睛，浮現最後一次見面的場景，當時我們因為互相背叛而厭惡彼此，幾番爭吵後，他對我拋下了最惡毒的咒罵後便拂袖離去。無聲無息的五年就這樣過去了。此時螢幕上那一句雲淡風清、若無其事的「妳好嗎？」，究竟代表了什麼意義？

我盯著螢幕，猶豫著該不該回訊息，一種久違的愧疚感，又回來了。

當年交往時，我們都太年輕，把「自我」膨脹得比任何事情都重大，常常一件小事，加上了猜忌就成了誤會，誤會再添上不安就成了怨恨，而怨恨堆疊怨恨，久而久之就生出挾怨報復之心。

他對我冷嘲熱諷，我就到別處去取暖；他不回我簡訊，我就傳訊息給別人；他和女生曖昧出遊，我就睡了他的朋友。攤牌談判的那天，我們約在咖啡廳見面，兩個人內心雖然非常在意彼此，卻一路傷人與自傷走到這步田地。

對峙到最後，他突然忍不住顫抖了起來，摀著臉痛哭流涕，一再逼問我究竟愛還不愛。

我腦裡思緒亂轉，過去種種難堪悲哀與怨懟突然全數襲上心頭，手腳冰冷，一句話都說不出來。見我沒有動作，他的表情一點一點冷硬起來，擦乾眼淚往後一靠，冷笑一聲，罵了句「婊子」後，就起身離開了。桌上那杯要價兩百二十元的精品咖啡沒有喝完。

後來每每思及此段過往，都為自己當時的作為感到懊悔噁心。但人走了，事情過了，許久沒說話，沒理由說，無話可說。我想過寫信道歉，又考慮到貿然揭開往事，似乎只是叨擾，於是沉默。然而，看著眼前這封五年後的簡訊，我想，這或許是一個解開心結的機會。

我回覆了他，訊息很快回傳，他說最近在歐洲旅遊，下週計畫到義大利北部走走，我說我人正好在米蘭，要不要見個面。我們一個在東、一個在西，最後敲定在中間的城市維洛納相見。

於是，我來到了這棟位在維洛納河岸邊的小旅館，此時金色夕陽從半敞的窗戶斜斜照進客廳，窗外傳來居民的日常談笑與腳踏車駛過的細碎聲響，遠方悠遠的鐘聲隨著清涼的風徐徐吹來，如此寧靜美麗的時刻，我的肚子卻緊張地微微絞痛。我眼前這座金碧輝煌的城市，是莎士比亞筆下，羅密歐與茱麗葉的家鄉，卡帕萊特與蒙特鳩兩大家族世代恩怨之地，有了文豪的淒美愛情加持，維洛納便有了「戀愛之城」的美稱。和舊情人約在這裡實在純屬巧合，我卻因其中的諷刺而緊張地苦笑起來。

等待他時，心亂如麻，我不斷想像著他這幾年間的變化，構思著待會該說些什麼話題，並盤算氣氛若是過於尷尬，逃生路線該如何規劃。

門鈴響起，我急急跑去開門。是他。他微微喘著氣，腳邊是一路拖上來的行李，他對我露出微笑，我們擁抱彼此。我心想，還好，開頭是好的。還有，他好像變胖了一點。

那天晚上，我們到街角一家老餐館吃飯，昏黃燈光下，一盤一盤義大利佳餚熱騰騰上桌，我們邊吃邊聊，話匣子和紅酒瓶一樣，一打開就源源不絕，談起了五年前朋友圈裡的醜事和趣事，談這幾年間各自人生的大小變動，最後，不免談到了當年那場失敗的感情。

「其實後來我一直覺得很對不起你，那時候實在是太幼稚了。」我放下刀叉，鄭重其事地說。

「算了，都過去了，那個時候我也沒好到哪去。」他微笑著端起紅酒，和我輕輕乾杯。

酒酣耳熱，事過境遷，我們放開來暢談當年種種，對照真實與謊言、補充對方漏掉的故事，他甚至還饒富興味地問了我，當初怎麼和他那位損友搭在一起的，就像在問一件事不關己的八卦。舊事重提，不免唏噓，我記起了戀愛之初的單純美好，想起了後來急轉直下的惡毒猥瑣，再對比異國重逢後的物是人非，我有點恍惚，不知怎的想起了羅密歐與茱麗葉。

假如這對文學戀人並沒有死，而是活了下來，並且成功地逃離兩大家族的控制，我猜想，年輕稚嫩又少了背後勢力支持的他們，勢必得面臨柴米油鹽、人世險惡、疾病老去等現實人生難題。他們會一直保持著年輕時的光澤與優雅，相知相伴直到老去，還是會在平凡夫妻的日子間，漸漸磨損出腐爛發黑的平庸與醜陋？羅密歐與茱麗葉的愛情，在最淒美的時刻劃下句點，以最完美的姿態封存歷史，成為高貴璀璨的永恆，一切再也沒有惡化變質的可能。真正的悲劇，或許不僅僅是死亡，更多時候，是時間帶來的風化，一日一日變老的容顏，一點一點陌生的心靈。這些，是萬事萬物終將隨著時間流逝的證明。

酒足飯飽後，我們在夜晚的維洛納街頭散步，街上人影稀疏，燈火在寧靜的河面上搖曳著斑斕絢麗，一瞬間，竟有一絲浪漫的味道。走著走著，我們來到一處巨大而黑暗的花園，鐵柵欄後面，高聳的柏樹向後延伸到漆黑的遠方，樹叢間點綴著無數白色雕像，有的哀傷失落，有的詠嘆狂喜，一個個靜默地凝結在夜空裡。「一百年後這些雕像或許還在，我卻不知道在哪裡了。」一個想法如流星閃過。

突然間，我們不約而同停住了腳步，看著彼此的眼睛，不再說話。我的皮膚微微戰慄，思緒百轉千迴，既迷亂又惶惑——我們怎麼會在這裡？究竟為了什麼而見面？現在，該投入彼此懷抱裡嗎？對峙的時間似乎過了好久好久，還是沒有人動彈。突然，黑暗花園吹來一陣風，我們打了個冷顫，原本發燙灼人的意志，冷卻了。我們很有默契地笑了起來，他敞開雙臂，我走了進去，兩人在空蕩無人的街上擁抱許久。鬆開彼此那刻，我們在對方眼底都看見釋懷。心境清明，此夜過後，這段愛情將永遠過期了，而我們將永遠成為彼此的特殊陌生人。

我們總共只在維洛納待兩天，分別前的那個下午，我和他一起去看羅密歐與茱麗葉的故居。

天氣炎熱，人潮擁擠，人們排著長長的隊，輪流到茱麗葉的陽台上自拍，紀念品店裡也擠滿了人，我隨手拿起一個磁鐵，覺得做工十分粗糙，又放了回去。不到十分鐘，便覺得煩躁黏膩，也沒進去建築物裡，只匆匆看了幾眼便離開。印象最深刻的，是茱麗葉雕像的兩個乳房，被人長年撫摸到發光。

我的火車比他的班次早半小時，我們住在不同國家，下次見面不知道是何時何地，或許永遠不見了。離別時，我們連句客套的「再約」都沒說。我們已是彼此了卻的一樁心事，曾經重要，但不再重要。

火車開動，即將從永恆戀愛之城的暗影中駛出，月台上人來人往，我往窗外張望，他已經不見。

1／LOVE：
每一場盛宴
作為青春的輓歌

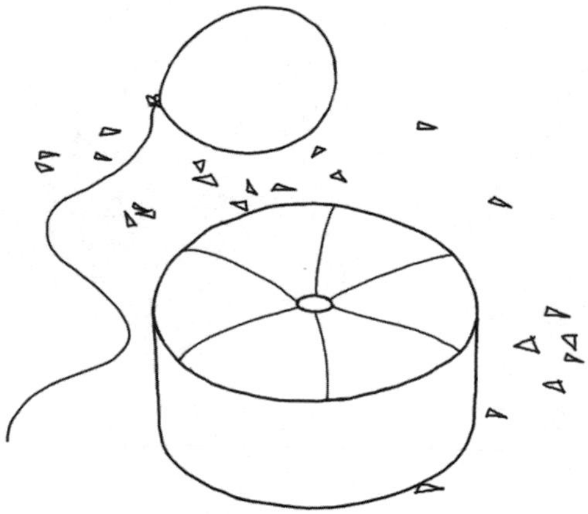

渣男渣女學

身邊許多朋友，都有從「渣男事故」歷劫歸來的經驗。

小雪，結婚第三年發現丈夫外遇，好不容易鼓起勇氣和他對質，他竟順水推舟說要離婚。麻煩的是，男人曾經和小雪的媽媽借了六百萬元，後來卻因經商失敗，一大筆錢全部血本無歸。離婚談判時，雙方家長都在，雪媽問起那六百萬什麼時候要還，男人理直氣壯地說：「這麼多年來都是我在養妳女兒，這些錢我本來就不必還。」選擇性地忽略了小雪婚後依然繼續工作供給家用的事實，而男人的爸爸也跟著幫腔：「男人出軌一兩次本來就很正常，妳們這樣根本小題大作。」後來那六百萬並沒有要回來，直到今天，小雪仍笑稱自己是「六百萬贖身」。

凱莉，上輩子不知燒錯什麼香，這輩子老是遇到媽寶男。某任男友的媽媽認為凱莉學歷家世普通，配不上她念台大且將繼承家業的兒子，而這兒子年近三十，在媽媽面前卻仍像個犯錯的小男孩，唯唯諾諾事事聽命，就連和凱莉交往都偷偷摸摸像在犯罪一樣。沒想到最終紙包不住火，媽媽發現兩人仍來往後，有一次竟然跑到凱莉的公司，當著她所有同事主管的面大鬧一番，極盡言詞惡毒之能事，大意能用一句話概括：「賤人勾引我兒子！」發生了這麼離譜的事，凱莉的男友毫無應變能力，一秒變成巨嬰，傳訊息給凱莉說：「我也很為難，我媽就是這個性子，其實妳當下不要和她回嘴，場面就不會這麼難看了。」

金金，和男友交往七年，男友的劈腿史也長達七年，其中一個小三，和那男人的交往時間甚至比金金還久。金金平時是個高冷美女，沒想到一投入愛情，竟愛得像條卑微的狗，呼之即來揮之即去，即便知道男友在外風流，她也苦心守候，相信男友有一天會因她的癡心而大徹大悟。但，愛對一個不知道什麼是愛的人來說，和屁差不多。後來金金被男友傳染菜花，醫生一看大吃一驚，只見菜花在陰道內繁榮生長，甚至子宮頸也開了花。金金叫男友去和其他女人履行性病告知義務，他不願意，認為炮友而已，哪需要這麼認真。金金一個人去婦產科治療，一個人承受電燒之痛，一個人走在路上下體流膿，但她還是繼續和那男人在一起，只因為她真的很愛他。

小瑜，一個熱愛旅行的女孩，大學畢業如願在旅行社找到導遊工作，本來摩拳擦掌要大展身手，沒想到疑心病很重的男友，卻成為她的事業破壞者。小瑜剛開始帶隊到東南亞，一下飛機就接到男友的視訊電話，男友要她拍一下四周環境，讓他看看周圍有什麼人。男友完全不管小瑜是否在工作，想到就隨時隨地打電話來，好幾次還對旅行團上的男性旅客疑神疑鬼。小瑜若不接電話，回國就是一場大吵大鬧，有一次，她因為心力交瘁，連續四天避不聯絡，沒想到回到他們在台北的公寓，一打開門，迎面而來的就是一巴掌。那男人把小瑜壓在地上，左一拳右一拳往死裡打，一邊打一邊罵她賤女人、婊子、爛貨。為了活命，小瑜只好裝死，那男人打了一會突然像洩氣皮球般倒在她身邊，痛哭失聲，兩人接著一起抱頭痛哭，以為自己是婁燁電影裡那些又毀滅又浪漫的男女主角。

小瑜依然和那個男人在一起，後來也辭去了導遊工作，在旅行社處理行政事務。小瑜男友的疑心病卻沒有因此改變，偶爾一言不合也是一陣暴打，但講起這些事，小瑜悲傷的臉上總有一點自傲的光輝，她認為這樣戲劇化的愛情，為她的生命增加了世故與豐富度。

身邊朋友們光怪陸離的渣男故事，那數量之多，劇情之離譜，結構之雷同，讓人不禁好奇起「渣男」事件是否超越了個案，成了一種社會現象。

以前聽朋友們講這些事情，總是義憤填膺、恨之入骨，但後來自己長了點經驗後，才發現，社會上不僅渣男橫行，渣女也多不勝數，而那些渣男渣女們的邪惡，其實大半都源自於平庸。

這裡的平庸，指的是個人修行上的平庸，與顏值高低、月收入多少、家世背景好壞無關。

平庸者，往往盲目從眾、缺少批判精神與獨立思考能力，看事情很難跳脫自我中心，任由自己沈淪在性格上的各種缺陷裡。這樣的人，往往做出傷天害理的事情還渾然不覺甚至沾沾自喜，任由小奸小惡向外擴散成大奸大惡。

平庸，雖然不至燒殺擄掠作奸犯科，但小奸小惡的普通人所能造成的破壞，卻也不容小覷。

要當一個「好」人其實很難，如果沒有一定的覺悟力是做不到的；「平庸」卻很簡單，只要舒舒服服地做自己就好了。而渣男渣女，往往都是極度平庸的。

這樣的「渣性」，或許源於家庭教育，或許來自社會潛移默化，也或許純粹是個人問題，渣男渣女不會去關心自己以外的人事物，也不會去質疑不平等的社會現象，他們在意的永遠只有自己。

當一個平庸的人遇上另一個平庸的人，一個殘缺不全的靈魂撞上另一個殘缺不全的靈魂，就攪和成了一鍋烏煙瘴氣、五味雜陳的大雜燴：小雪外遇的丈夫若是評價不佳的廚師，他爸爸就是縱容放肆的餐廳老闆；凱莉的媽寶男友若是可憐兮兮的小廚子，他媽媽就是不可理喻的刻薄食評家；傳染金金菜花的男友若是不肖業者，金金就是味覺不靈敏的盲目腦粉；小瑜的恐怖情人若是在知名鬧鬼餐廳出沒的鬼魂，小瑜就是那個對祂又愛又恨的業主。

渣男渣女何其多，因為平庸者眾，無論是作惡者還是縱容者。

然而，「平庸」永遠無法成為作惡的藉口，也不能為渣男渣女的行徑開脫，只是當我們在為某些渣人渣事氣得牙癢癢時，也別忘了，其實我們每天的所作所為所言所說，都是在形塑一整個社會風氣的樣貌，也是在替這一鍋人際大雜燴調味。

他人要當腐爛食材我們或許管不著，但至少可以選擇作一股清流，把身邊濃得化不開的渣滓給通通沖走。

每個人身上，都鬧著前任的鬼

某任男友去日本旅行時，和當地酒保學了一款柚子調酒，回台灣後興致高昂向我獻寶，一喝驚人，於是我也跟他要了作法。後來我們分手，家裡與他有關的事物全都清得一乾二淨，唯有那柚子調酒的酒譜仍深深烙印在心底，有事沒事除了做給自己喝外，也做給後來的幾任情人喝，幾乎所有人都對這微甜微苦的滋味讚不絕口。每次端出這杯酒，我總是不由自主想起他，不知道他是否也跟我一樣，持續做著同一款酒給後來的情人們喝呢？

除了調酒外，過去的情人們也留下了各式各樣有形無形的事物，就像在海邊撿拾貝殼那樣，我彎下腰來，將那些色彩斑斕的東西一一收進口袋：一種親熱的方式、一種穿衣的眼光、一些野外的技能、幾個詞語的聯想……他們從海灘上來過又離去，我的口袋又多了一點重量。

遇見了一個人，我們就和昨天的自己從此不同了。情人乘載著故人的遺跡而來，離去時也在我們身上滯留了殘影，你讓他心動的一句話，或許是某任情人曾經告訴你的；而他讓你感動的小習慣，也或許是他從前任情人身上習得的。

他們愛我們，我們愛他們，所有人都愛著彼此的一點什麼。

Noah Baumbach的《婚姻故事》（Marriage Story）裡，描寫了一對夫妻走向離婚的過程。Nicole與Charlie結婚十年，一路走來相知相惜，卻因對未來的人生方向沒有共識，最後只好結束婚姻。為了爭奪兒子的監護權，他們不得不在法律面前成為彼此的敵人，迎頭撲來是無數的談判交涉、來回奔波與勾心鬥角，激烈的攻防戰嚴重磨損兩人的靈魂，使一對明明相愛的人，一步一步將彼此推向崩潰邊緣。

在這場離婚風暴中，卻隱藏著觸動人心的一幕。

一場律師協調會議上，雙方各執立場，久久僵持不下，時間來到中午，工作人員提議先休息一下，訂個便當。外帶菜單傳了下來，所有人很快就決定好要點什麼，只有Charlie還緊抓著菜單猶豫不決。深知Charlie龜毛習性的Nicole，搶過了菜單，快速掃描一遍後，直接幫他做了決定：「希臘沙拉，但不要希臘沙拉醬，改成檸檬與橄欖油。」Charlie沒有異議。

那一刻，兩人突然從敵人變回了昔日的伴侶，對比當下的婚變風暴，這個親密細節是如此地不合時宜，然而，這不是愛又是什麼？

愛過的人，或許有一天會離開，但許多莫名其妙的東西卻會超越是是非非，永遠留存下來。

例如一杯柚子調酒、一種性愛風格，或是記得世界上有個人吃希臘沙拉不配希臘沙拉醬。即便人走了，愛情變調了、場景移轉了，這些小細節仍將在往後人生中、出其不意的時刻，如一縷縹緲鬼魂飄過意識深處，激起一種似曾相識的感觸，在遙遠的舊夢裡顯影，與眼前現實的重疊，陪你一起邁入新的情愛輪迴。每個人身上，都鬧著前任的鬼，每段愛情，都浪漫地鬼影幢幢。

而鬼有時候不僅是鬼，更是一個人的心智反映。

有的人生性疑神疑鬼，成天忙著驅魔避邪，恨不得將一個人的歷史清掃得一乾二淨，例如，拒絕到另一半曾經和前情人去過的地方約會、逼迫對方改掉從前男友前女友身上習得的習慣、丟掉其他人留在另一半家裡的東西，還有處女情結……。然而，有的人卻心懷慈悲，能與鬼魂和平共處，不只因為八字穩重，更因他心胸開闊，能容納萬事萬物的自然來去，就像《婚姻故事》的最後，離婚程序塵埃落定，曾經互許終身的兩人即將坐上不同的車分道揚鑣，臨走前，過往遺留的鬼影一晃，Nicole想起了什麼似地叫住了Charlie，追上去後彎下腰來，像從前做過的無數次那樣，替他綁好了鬆脫的鞋帶，然後兩人相視而笑，道別離去。

有人說，鬼魂是遺留的強大執念，而愛情裡的鬼曾經是愛，曾經是慾，曾經是恨，有的怨念極深、纏擾不休，最終成了日夜糾纏、害人害己的惡鬼，讓人以為愛情是恐怖大於美麗；有的卻相知相惜、淨化昇華，無根野鬼轉化為守護神祇，讓人感慨愛情終究是美麗大過恐怖。

詩人的新情人

他叫我趁著他與女友度假不在家，去把剩下的東西都拿走。

寒冷蕭瑟的冬日，天空一片灰白，公車沿著熟悉的路線行駛，我在老地方按鈴下車，走一樣的街，拐入平常那條巷子，經過那家我以前常去的越南小吃，最終來到那扇我曾出入無數次的大門。鑰匙插入鎖孔，四下一片寂靜，轉動門鎖的聲音響亮刺耳。推開門，迎面撲來是我再熟悉不過的氣味，室內一片昏暗，午後陽光冷冷地照進來，在地板上映出一個寧靜的斜方塊。沒有人在。我一下就看到他已經將我的東西全都打包整理好，放在門口的櫃子上。我本來可以留下鑰匙，東西拿了就走的，但心中隱隱躁動著什麼，使我將門在身後輕輕關上，腳步開始向前游移。

只剩我與這間房子了。整個屋子靜悄悄的，對這個久別重逢不做任何歡迎與表態。我曾在它裡面談笑嬉鬧、纏綿夢囈、看書睡覺，如今它對我卻像陌生人一樣，緘默不語，不聞不問。

緩緩走過客廳，一切都還是原樣，電視櫃上倒是多了一個新的相框，我拿起來看，畫面是他與新女友的合照，兩人舉著啤酒，笑容燦爛，背景我認得，是離這邊走路十五分鐘的酒吧，店貓很親人。我來到廚房，這裡依舊被他維持得一塵不染，我注意到調味料架子上多了些辛香料，打開櫥櫃，裡面有幾包寫著泰國字的食品，他是不做泰國菜的，但他的新女友是泰國人，我想她大概很常在這裡做菜。我慢慢踱到樓上的臥室，床單如常鋪得一絲不苟，我以前常常調侃他，晚上就要睡亂的床，何必大費周章一鋪再鋪，他說那是一種個人儀式，熟悉感讓他感到心安。我看著平整光滑的床單，想起我和他多少個日日夜夜，在床上留下了眼淚、體液、披薩油漬與不小心灑出來的咖啡，如今卻空蕩蕩的什麼也不剩，我的氣味，記憶的氣味，被空氣中還隱隱縈繞著的陌生線香味給覆蓋掉了。

與他認識的第一個禮拜，他寫了一首詩給我。到了第三個月，他寫了三十首。

有時候半夜睡到一半，他會在黑暗中突然坐起來，在將睡未睡之際閃過他腦海的詩句，一字不漏轉錄到手機上，等待白日來臨，再琢磨成一首完整的作品。

他說他從未像愛我一樣愛過任何一個人，說直到遇上我才知道原來「愛」是這個感覺，說從來沒人激發他三個月就寫出三十首詩。

然而，我們的感情並不因那三十首詩而變得堅不可摧。

喜歡足以使人在一起，很喜歡足以使人在一起很久，而愛則會讓人忘記去計較時間。

我對他，始終只停留在「很喜歡」而已，很喜歡所以很在意，但又不夠喜歡到經得起考驗。

愛這種事無法強求，三十首詩使人感動，卻無法使人愛人。身為詩人的他，卻認為我與他的感情不對等，只因為我還未從他的文字深刻體會到他的愛有多深。

他總說，想要知道我有多愛妳，只要去讀那些詩妳就會懂。我讀了，讀了一遍又一遍，但不知道是文風不對我的口味，還是其他什麼原因，那些使他泫然欲泣的詩句，在我心中卻波瀾不興。某些跨次元的落差，無論多精妙的文字，多深遠的詩意，都注定lost in translation。

「我說的『我愛妳』，和妳說的『我愛你』，可能意思完全不一樣。」他常常若有所思地說。

有一次，他在社群媒體上分享了一首詩，標記了我的名字。我認出了那首詩，許久以前他曾給我看過，但那不是寫給我的，那是好多年前，他寫給他前妻的。我很生氣，說詩是不能這樣轉讓的，這是真心的回收再利用。他卻不同意，「那時候寫給她，現在感情變了，主體變了，對現在的我來說，這就是在寫妳。」

我們終究還是分手了。我帶走了我大部分的東西，卻留下了一小箱衣物，約好日後有空再回來拿，他說那鑰匙妳先留著。留下來的那箱衣物與那把鑰匙，對他來說是死灰復燃的一線希望，對我來說是分散哀愁的緩衝。

分手後，他持續地寫悲傷的詩，發表在他的私人頁面上，他知道我看得到，我知道他知道我看得到。那些字句是瑟瑟顫抖的，是夜裡在盜汗中驚醒的冰涼恐懼，是被遺棄在無聲海床上的深度憂鬱。我讀著，每一篇都讀，但從來不回覆。四個月後的某一天，那些詩突然就不再更新了。

我一方面鬆了口氣，一方面卻又有點恍惚。他日復一日對著空氣的許願與禱告，那帶著宗教性熾熱虔誠的愛意，那高燒的靈魂與發炎的詩句，一夕之間，全都消失了。

取而代之的，是一個月後，他寫給新女友的情詩。

我細細讀著他的文字，一樣的慣用字眼，一樣的譬喻方式，一樣的行文風格，回收的字，回收的愛，改變的，是歌頌的受體不一樣了。我感到一股奇異的背叛，一種被打了巴掌的錯愕，惆悵的，不是他的移情別戀，而是他看似寶石般閃閃發光、堅不可摧的恆久遠文字，原來和愛情、和一盒牛奶或一個罐頭一樣，都有過期的時候。

詩人用愛的語言推翻了愛的獨一無二，詩人是出爾反爾的愛情騙子，但諷刺的是，在每一個書寫的當下，他掏出來的心與肝與肺，卻又是那麼血淋淋而真實。

詩人寫出了愛的輝煌永遠，詩人也寫出愛的平凡易逝。

詩使我更相信愛情，也使我更不相信愛情。

後來，他傳訊息來要回鑰匙，並要我拿走最後的那箱衣物，我在他生命中最後的殘留物。

那天離開之前，我任性地躺到他們的床上，閉上眼睛，深深呼吸，在心裡默默說了再見，然後起身，整理好床單的皺褶，走到門口，拉起箱子，關門前留下了鑰匙，永遠離開了那間屋子。

而他的詩，如今想起，已經不記得寫些什麼了。

You like father?

我們什麼都配，就是年齡整整相差了二十二歲。

他這個年紀的男人，經濟穩定心性穩定，能給予很多的呵護與安全感，與我過去遇到的大部分同齡男子很不一樣，剛和他交往，每一天都充滿了新鮮感。

很長一段時間，我並沒有真正注意到我們之間的年齡差距，第一次意識到這件事，是在台北的捷運車廂上。我們一如往常說說笑笑，突然間，我清楚看見了他的臉。車廂的死白燈光下，他臉上的阡陌鑿痕一條一條清晰無比，那麼深，那麼刺眼，那麼不可挽回，我不敢置信自己從未注意到他的老。我把那刻的驚詫吞進肚裡，對他露出微笑，但心裡那個梗，卻再也沒有消失過。

自從我注意到他臉部的老，其他的「老」便紛紛躍入視線：穿衣品味太老、朋友圈太老、某些觀念太老，使用的詞彙太老。而這些「老」，最終開始蓋過他其他的好。

我曾認為，只要相愛，年齡不是問題。後來我才意識到，想要天長地久，光是相愛還不夠，還需要一個有共識的未來。他想公證結婚，我認為操之過急；他急著生孩子，我卻覺得言之過早；他想安穩度日，我還想東奔西跑。我想像著，當我四十歲，他六十二，當我六十，他八十二，人生已經很複雜了，再加上這樣的年齡差，我不敢想像將會面臨何等考驗。

終於，我不得不面對這個殘忍的現實：無論他再怎麼好，我都無法接受他的老。

一次又一次的爭吵，一次又一次的妥協。每次吵架，總是以他苦苦哀求、極力說服作結，我不忍心看到他傷心欲絕，所以總是一再心軟，答應再試一段時間。而日子，就這樣一天拖過一天。

我曾對他說過，我的畢生夢想之一，就是去看看吳哥窟。為了重整關係，他提議一起去柬埔寨旅行，放鬆一下生活壓力，於是我們收拾行李，登上飛機。

四月的金邊異常炎熱，到了下午，外頭的熱浪蒸得人睜不開眼睛。吃完午飯後，我們躲回蔭涼的旅館房間，又停電了，躺在床上汗流浹背，他不在意，一下就進入睡眠，我輾轉反側，怎樣就是睡不著。我盯著游泳池的水在天花板上波光粼粼，隔著一道牆，外頭就是熙來攘往的大街，露天市場的雞鴨魚腥、水溝縫裡的酸腐垃圾、小吃攤販的燒烤油炸、深巷飄出的花朵薰香，在陽光的照射下慢燉如一鍋大雜燴，沉甸甸地在空氣間緩滯地移動，令這座河邊城市裡的每個人，都被熏得眼皮沉重，躲在廊檐下、樹影裡、摩托車上午睡歇息。我靜靜地感受著身邊的萬事萬物，此時此刻，身在嘈雜擁擠的金邊市中心，內心卻莫名地感到空曠無邊的寂寞。

我閉上眼睛，試著重整心情，告訴自己，我和喜愛的人在旅途上，隔兩天就要去看夢寐以求的吳哥窟，這裡還有很多美麗的事物值得費心思，別想太多，好好享受，說不定這趟旅程真的能夠轉換這段關係，說不定就這樣和他共度一生也不錯。我對自己擠出一個微笑，緊繃的心情似乎放鬆了一點。

本來都還好好的，事情出在一天晚上。我們去按摩，為我服務的是一個活潑的年輕柬埔寨女子，她試著用破碎的英文和我聊天，我們有一搭沒一搭閒聊著，突然，她用開玩笑的語氣問我：「You like father?」我愣了一下，隨即意識到她是在說我的情人，那個坐在房間另一邊，年紀看起來比我大很多的情人。

按摩女孩的話，我不是第一次聽到，沒被冒犯，內心卻下起了潮濕陰暗的熱帶雨。

那場雨一直下，直到我們去了暹粒，置身在我夢寐以求的吳哥窟時，都還在綿綿密密地下著。

我心不在焉，恍恍惚惚，本想去找王家衛電影裡的那個樹洞，傾倒滿腔的心事與祕密，最後卻覺得又熱又懶，到路旁買了個現剖冰椰子，坐在樹下咬著吸管發呆乘涼，直到夕陽西下。

旅程結束後，回到台灣整理照片，才發現我們在柬埔寨的一個禮拜，連一張合照都沒拍。

這個發現，讓我們兩人都如大夢初醒般吃了一驚，我們知道，這場愛情已經走到了盡頭。

——You like father?

柬埔寨女孩的那一句話，意義深遠。

比我大了二十二歲的他，曾經對我說，只要嫁給他，一輩子都不愁工作，想做什麼他都會全力支持，他會一輩子愛我，我什麼都不用擔心。我把這一紙合約拿在手裡，卻遲遲無法確認自己的心意。

這個社會四面八方地暗示女人，長大後最幸福的狀態，就是找到像父親一樣，能提供穩定財源、無限包容、溫柔保護、剛毅不阿、能無條件包容所有無理取鬧的男人，如此，女人才能一直無憂無慮地當個備受呵護的小女孩，遠離冰冷殘酷的現實世界，重新投入幼年時那懵懂溫柔的安全感。

這個社會鼓吹戀父情節，但戀的，不是家裡坐在沙發上看電視的那個「父」，而是父權社會定義下那個完美而虛幻的「父」。

那些溫暖的確很吸引人，但父親終究不是情人，情人也永遠不該被當成父親，而安全感也不該被誤認為愛。我用了一場失敗的感情，才終於體認到這點。

分手一陣子後的某天，他更新了社群網站動態，照片裡他笑得燦爛，身邊摟著新女友，他的女友，年紀看起來和我差不多，皮膚緊緻紅潤，站在他旁邊，將他的笑紋襯托得更深了。

交友軟體任意門，飛越愛情同溫層

有一段時間，我對什麼都提不起興趣，每天上班下班，吃飯睡覺，一樣的事，一樣的人。這樣的日子過久了，心開始慌起來，想起曾看過的成長勵志文章，總鼓勵人要勇敢離開「同溫層」，於是我決定下載交友軟體，跨出一成不變的生活圈，為荒蕪的生活增添一點顏色。

軟體下載完成，點開，一張又一張牌卡頓時躍入眼簾。這一張張自介，讓我想起《怪獸電力公司》裡那一扇扇五彩繽紛的門，一門一世界，你不知道打開以後，會是風光明媚的沙灘，還是寒風刺骨的冰原。選了幾張好看的照片，改寫了三次個人簡介，這才忐忑地把自己的那扇門，推上了戀愛自由市場的生產線。

第一扇門，沒有照片，沒有真名，只有一個代號X。

X的交友檔案上，什麼個人資訊都沒有，只有一張奇怪的插畫，畫裡一個鉛筆人躺在汪洋裡一艘小船上，頭旁邊冒出一個空白的思考框，簡介裡寫了一句話：「你覺得他在想什麼？」

很有精神分析的風格，在一片健身肌肉、歸國ABC、抽菸文青照之間，顯得十分獨特，引起了我的興趣。向右滑。五分鐘內，X就傳訊息來了。字裡行間中，可以感到他是個溫和有禮、聰明過人且幽默風趣的男人，奇怪的是，無論我如何威逼利誘，他都不願意透露真名，也不提供本人實照，他說如果想知道，唯一的方法，就是見他本人。

原本，我猜他要麼想營造神祕感，要麼實在長得太見不得人，但我抱著交友為先、約會次要的心態而來，他神不神祕、是圓是扁，轉念一想，其實並不重要。

於是，我答應和他見面。

他說不能約在人多口雜的地方，最後給了我一家隱密餐廳的地址，說會事先訂好私人包廂。

相約的日子終於到了，我忍不住忐忑起來，我會不會錯估了情勢？他會不會是什麼預謀殺人的瘋子？或是幾年前那個對我心懷怨恨、挾怨報復的前任？帶著萬馬奔騰的幻想，我推開包廂的門，映入眼簾的，是一個戴著眼鏡、渾身煙味、小腹微凸、相貌平凡的中年男子。後來，我才知道原來他是某領域的名人，而且是個已婚的名人。他說，為了避免像以前一樣被妻子捉姦，只好使出如此迂迴的手段，而我們能在這樣困難的情境下相遇，想必也是緣分。「有婦之夫」之於我是大忌，那天喝完咖啡後，就謝謝不再聯絡了。

在X之後，我又開了一扇又一扇奇怪的門。

與我年紀相仿的P，自介上寫著「工作穩定，找長期女友，非誠勿擾」。但深聊過後，才發現他想召募的，應該是一位能幫他顧夜市西瓜汁小攤的長期員工，好讓他能無後顧之憂地去上廁所、抽根菸、扒碗滷肉飯、回家睡午覺，同時省下每個月請人的成本。

K，三十出頭，進口酒商，與北市幾家酒吧都混得很熟。約會那天，他帶我去朋友的店，一進去就是一陣寒暄招呼，好不風光。沒想到，喝到第二杯時，他哭著坦白還沒從分手的傷痛走出來，哭得歇斯底里、肝腸寸斷，眼淚一滴滴掉在他眼前的威士忌杯中。他還掛念著與上海前女友一起養的那條狗，直到現在，依舊每個月上網訂購狗食郵寄到她靜安區家中。哭完後，他破涕而笑，問我待會想不想和他回家過夜，「看得到101喔！」

我微笑搖搖頭說，我覺得你好像還沒準備好。

L，一個綁縛藝術家，笑起來滿口黃牙。他在咖啡廳向我展示他的作品集，一個個被五花大綁的女子，有的豐乳肥臀，有的嬌小貧瘦，有的躺在地上，有的吊在半空，軀體不自然地朝各種方向扭轉再綑綁，像復活節桌上的烤雞，也像南門市場的肉粽。L說，過去在巴黎，他的工作是「雜交派對暖場師」，角色類似MC，負責炒熱現場氣氛，也就是在眾人還害羞猶豫、扭扭捏捏的時候，先帶頭上場一幹。他問我有沒有興趣當他的模特兒，當作交朋友，也為了藝術，回家後我想了很久，不知怎的一直想起他鮮豔濃稠的黃牙，後來還是拒絕了。

也有想來後怕的經驗。

S，又高又瘦，年紀輕輕就滿頭白髮。我與他在西門町紅樓碰面，他喝烈酒，我喝綠茶。S說起話來輕柔地像羽毛，舉止動作也溫柔有禮，但他的眼神裡卻有種說不上來的抽離，給人一種難以捉摸的詭異感。那晚會面草草結束，憑著直覺從此沒再與他聯絡。幾個月後的某天，電視新聞播報一起震驚社會的重刑案，一看犯人照片，竟然是他！我渾身發毛，難以置信，這個同溫層，實在是跨得太遠了。

幾個月的左滑右滑後，我終於認知到，用交友軟體來排遣無聊，實在是治標不治本。

交友軟體任意門，帶我飛越愛情生活同溫層，體會了一扇扇門後的光怪陸離，才深刻體會到前約會軟體時代的朦朧曖昧、樸實無華，現在已經被徹底商品化，迷霧驅散，慾望分門別類，需求清楚條列，每張牌卡都是一張名片、一項商品，堆疊著個人品牌的行銷包裝，暗示著風光旖旎的無限可能，推到愛情市場最前排的貨架，渴求在幾秒鐘內將自己成功推銷。然而，即便是現代化的直覺便利、清晰理性，也無法對付愛情的表裡不一、華而不實、衝動消費、選擇障礙。

有些事情，注定是無法除魅的，而靠網路交友來驅散寂寞，很多時候，根本是請鬼拿藥單。

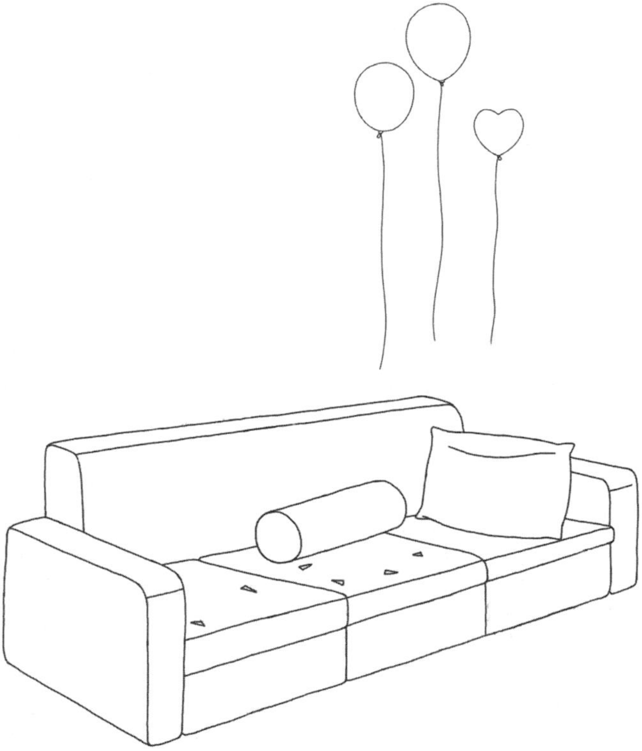

愛情的逃亡者：熱帶夜晚的一場雨

新加坡，一個熱帶夜晚。下午下了場三小時的暴雨，現在吹起了微風。

我和朋友約在武吉士（Bugis）見面，這一帶是阿拉伯區，一條街上中東餐廳、香水店與水煙館緊密相鄰，空氣裡混雜著各式各樣的氣味：燒烤牛羊與油炸食物、體汗及香水、泥土與柏油、水煙及菸草，飄飄裊裊氤氳纏繞，甜美中帶著辛辣，形成東南亞熱帶雨後特有的五味雜陳。

我和朋友約在窄巷裡一家水煙餐館，現場已經擠滿了人，他比我先到，見到我時，站起來向我招手。

點了菜，叫了酒。我們寒暄、聊著近況，喝著 Gin and Tonic，談話之間，思緒漂浮了起來。他是我和另一半的共同好友，過去見面，我們總心照不宣地有所節制，對待彼此從不過份熱情，但此時此地，我的情人出差去了，他的伴侶出國度假，我們之間的空氣，原本凝結的什麼緩緩鬆動開來。

我想起從未問過他為什麼離開家鄉，來到新加坡，他若有所思了一會，說：「我是逃來的。」

過去在他的國家，他唱饒舌樂。不成群結黨，而是單打獨鬥，在房間寫歌、錄音、上網發表，一切隨心所欲，灌溉小小的夢想。慢慢的，他累積起一定的人氣，就在事業看似將要起飛的時候，才驚覺政府早已盯上了他。

他被押入一所監獄，那不是普通的監獄，而是以關押政治犯並以恐怖折磨著稱的監獄，人稱「地球上的地獄」。那時候他還不到三十歲，懵懵懂懂鋃鐺入獄，他們控訴他企圖散播反政府思想，並一口咬定他背後有黑幕、有共犯。

他被丟到不見天日的窄小牢房裡，沒有時鐘，時間不復存在，唯一將他從懸浮真空狀態帶回現實的，是偶爾送來的食物，還有不定期的拳打腳踢。他們給他套上頭套、蒙上眼睛，將他拖出牢房，然後用力地踢、死命地打，直到他吐，連呻吟聲都發不出來，才將他如廢棄垃圾袋般丟回去自生自滅。日復一日。有一天，他被帶到審問室，裡面站著幾個看不出情緒的官員，他們冷冷問他，「是誰指使？共犯是誰？」他誠實地說，「只有我，就只有我。」他們不滿意這樣的答案，叫他把雙手平放到桌面上。他顫抖著，照做了。他們再問了一次，他給了同樣的回答。這一次，一個官員將手中準備好的棍棒，重重地砸在他的十根手指上。

他舉起手來給我看，歪七扭八、醜惡不堪，宛如長滿樹瘤的樹枝。他掀開上衣一側，只見右邊身體凹下一個洞，狀態畸形，宛如一個放聲尖叫的口，「肋骨被踹斷好幾次。」他面無表情地說。

有一天，三個年紀和他差不多的年輕男子打開牢房，跟他說，今天是執行死刑的日子。

他腦袋唰一聲慘白，恐懼如巨浪一波波襲來，他雙腳發軟，渾身顫抖，腸胃蠕動，幾乎要拉在褲子上。無語中，幾個人嘻嘻笑笑地架著他往外面走去，陽光很耀眼，遠遠地，他看到了一個絞刑架。他腦中閃過了無數念頭，千萬個疑問和千萬個失落，但他一句話都說不出來。他們把他推到絞刑檯上，脖子套上粗糙的繩索。他眼神發白看著天空，忘了自己當時在想什麼，他最終閉上了眼睛。

一秒，兩秒，三秒。沒有動靜。

「難道已經發生了？已經死了？」

他緩緩張開眼睛，燦爛日光依舊，眼前的三個年輕男孩像壓抑過度般，轟然爆出大笑。

「開玩笑的啦！」一個男孩笑到上氣不接下氣。

這樣的「玩笑」，發生了三次。到了第四次，他無所謂了，站在絞刑架上，對他們說，「乾脆就殺了我吧。」

一次又一次的審問沒有任何結果。他無話可說，真的無話可說。只能忍受，與他們沒日沒夜地耗下去。又一天，他被帶到了審問室，這次的氣氛和以前不太一樣，他聽到隔壁房間有女人低聲啜泣。

「誰指使你？共犯是誰？」還是一樣的問題。「只有我。」他依舊搖頭。

眼前那位長官盯著他，緩緩地說，隔壁那個在哭的女人，是你的女友，如果你不給我們答案，我現在就到隔壁去強姦她。

長久以來，那壓抑的、沉默的恐懼、憤怒與絕望，這時候突然在心裡一連串地點燃爆炸，威力之強，連他自己都嚇了一跳。他咆哮、奮力掙扎、口噴白沫、眼裡充滿激烈而銳利的殺意，但他無能為力。他眼睜睜看著長官離開房間，到了隔壁，接著傳來女友撕心裂肺的尖叫聲，尖銳的音頻震碎了他的心，過去現在與未來在絕望中紋裂，他哭了，這麼久以來第一次哭了。

在那之後，他不再在乎自己是死是活。但諷刺的是，就在此時，一道命令下來，說他可以走了。

回到家後，他才知道，原來這些日子以來，官方曾欺騙他的家人，說他早已死在獄中，幸好他的家族有點人脈，得知他還活著，便拼盡力量把他弄了出來。而他的女友則告訴他，自己從未被人抓走過，那個被強暴的女人不是她。他恍恍惚惚地聽著，回想那天，審問室隔壁那個女人，的確自始至終沒有說話，只是無以名狀地尖叫哭泣。幸與不幸，那只是一個陌生人。

經歷這次的恐怖劫難，他的父母匆匆忙忙將他送離國家。他倉皇地逃離過去，最終到了馬來西亞。

檳城，同樣是一個熱帶夜晚，空氣瀰漫著下過雨的氣味，混雜著榴蓮、魚露與油炸食物的濁氣。晚上十點三十分，街上熱鬧喧騰，這是全城寂寞男女傾巢出動的時刻。

在夜店的角落，他獨自喝著啤酒，雷射光隨著電音節拍掃射躍動，切割著黑暗，劃開情慾河流，慾望一下顯現，一下隱蔽，曖昧不明。他看見不遠處有三個女人頻頻對他投注目光，她們乍看下頗有姿色，但當強光照射過去時，嘴邊的法令紋與厚重的粉底，卻暗示著她們起碼比他老上十歲。

他和其中一個女人跳起舞來，她身材嬌小，黑髮濃密，嘴唇塗得豔紅。她說，她們一群姐妹從新加坡來度假狂歡，週末後就搭飛機回去。

這個女人，後來成了他多年的伴侶。他搬去了新加坡，開她的車，住她的高級公寓，用她的錢租音樂工作室，偶爾陪她出席活動，過所有的節日。這是他的嶄新人生，一個充滿雞尾酒會、衣香鬢影、安全無虞的人生。前陣子，她還出資幫他開了一家音樂公司。

他全心全意地擁抱一切，但有時候也懷疑，不是他張手擁抱，而是那些事物包覆且吞噬了他。還有另一件事：他們已經很久沒有觸碰彼此了。幾年前，做愛的間隔開始拉得越來越長，很快地，就連不經意的親密碰觸，都顯得怪異而生硬。然而，他們身上卻有著彼此需要的東西：她曾經離過婚，對性愛有著莫名的排斥，唯一所求是有人陪伴安然度日；而他從充滿動盪與暴力的生命中逃跑，逃進一段新的安逸人生，急切地想在那裡安身立命，不敢多做他想。

他或許逃離了具體的監牢，但使人癱瘓的恐懼、懦弱與逃避，卻將他關進了新的囹圄。我想起自己的愛情，想起我們之間越來越頻繁的爭執、出差時總是了無音訊的他，還有那或許早在很久以前就故障的關係。但是沒人有勇氣當那個拔掉電源插頭的人，沒人想要當壞人。在這個萬頭鑽動的大城市裡，有多少像我們一樣的愛情逃亡者，不斷地追趕奔逃，產生了自由的錯覺，實際是逃了一個又陷入另一個？

桌前的Gin and Tonic早已見底，水煙讓我迷茫暈眩。人聲嚶嚶嗡嗡，身邊到處都是人，我看到一個膚色黝黑的女子，身材瘦長，姿態優雅，一頭黑髮油光水滑地束在一起，整齊貼在背上，襯托她臉部骨架的精緻，我被她迷住了，盯著她看無法自拔。

突然間，下起了雨。一開始只是點點滴滴，慢慢匯聚成滂沱大雨，大片大片地灑落，地面很快積起水來，噴濺到我的褲腳上。人人紛紛結帳離開，那個美麗女子也和朋友們走了，我們無視突如其來的混亂，繼續靜靜地抽著水煙，煙霧與水氣交纏縈繞，透過去，我看到他看著我的眼神，既潮濕又深邃。不知道在彼此的眼睛裡，我們看到的是回憶，是慾望，是求救，還是再一次逃跑的意志？

我這才突然發現，我們放在桌上的手，不知道什麼時候已經靠得那麼近，近到我能感到他的體溫，從汗毛尖端微微透散出來，在我的手上顫動。

身邊已經沒有其他人了，只剩下熱帶夜空下蒼白的雨幕，靜默地清洗著這座城市高聳的摩天大樓群，我們在底下的陰影裡，繼續抽著水煙，繼續吞吐煙霧，等待雨停。

2

/ LIFE /

寂寞作爲一種迷人的慢性病

美好形象之必要

與N同居後，才發現他在「吃」這件事上，有著異於常人的堅持。

那時我們住在一間頂加公寓，房子本身十分老舊，不過，房東太太在露台上種了很多花草，使頂樓頗有空中花園的味道。N平時喜愛搜刮舊貨，有次在南昌傢具街附近，撿到了一張折疊大桌，一路拖回五樓家中，只要晴天，我們就把桌子擺出來，在涼風與綠蔭下吃飯看書。N喜歡自己下廚勝過外食，還是學生的我們沒什麼錢，就常到超市搜刮快過期的減價食材，臨場發揮創意。最常做的菜色，不外乎什錦沙拉、義大利麵、咖哩大雜燴等，有次買到了一條三十九元的即期鯰魚，切塊後爆香大蒜辣椒，炒了一大盤義大利麵，吃得津津有味。每到吃飯時間，N就化身美食節目的廚師，在小廚房裡忙進忙出，在熱氣間揮汗如雨，食物即將起鍋前，便指揮我這個助手去準備餐桌。聽到指令，我趕緊從櫥櫃搬出兩人份的刀叉筷匙、杯盤碗碟、餐巾紙巾，兩手疊得滿滿的，小心翼翼移動到外面的露台大桌上，一件一件地擺好放好，剛巧趕上食物上桌。用完餐後，一切再原路撤回廚房，一件一件洗好收納。從準備用餐到收拾完畢，有時候兩個小時就這樣過去。一開始我總嫌麻煩，吃飯而已，還像餐廳一樣擺餐具、鋪桌巾，真是大費周章。

不過，每當一切準備就緒，食物熱騰騰上桌時，眼前那幅整齊美觀、秀色可餐的畫面，總讓人暗自激動，迫不及待想要開動卻又捨不得。

後來我與N拜訪他的家鄉義大利，才理解了他龜毛的由來。義大利人吃飯內建隱形的順序，菜色分為前菜（Antipasto）、第一道麵飯（Primo）、第二道肉食（Secondo）、配菜，以及甜點、咖啡與餐後酒等，雖然不是每一餐都會吃好吃滿，但整體框架順序不會相差太多。

無論當天吃得簡便還是豐盛，N與家人總是不厭其煩地鋪餐巾、擺餐具、疊盤子，天氣好的時候，甚至還大陣仗移動到戶外餐桌上，吃頓飯忙進忙出，卻沒人喊累，一副樂此不疲。後來到其他義大利友人家作客，也見到類似情景。有個朋友的媽媽，種了一花園的香草，吃飯前去摘一小把，插到細頸瓶裡，放在餐桌上既是裝飾，又是天然香氛與調味料；有人家中備了一台小推車，專門在餐後懶得收拾滿桌狼藉、但又需要多餘空間擺放點心時派上用場。每次酒足飯飽後，以為再也塞不進任何東西，但只要見到小推車推來滿滿一車豐盛又精緻的甜烈酒、濃縮咖啡和家常蛋糕，就會瞬間多出一個胃袋；另一個朋友的爸媽，收藏了一套形狀特殊的高腳咖啡壺，滴完一壺咖啡要一個小時，我們慵懶斜坐餐桌邊，聽著咖啡不急不徐滴滴答答，交雜著英文義大利文閒聊日常大小事，偶然抬頭望向窗外，空曠藍天下，山丘上的老城堡浮雲飄飄，如指間菸草燃燒的煙霧繚繞，數十年如一日……。

這些義大利人的飲食方式，與我過去所習慣的截然不同。

平時家人各自忙碌，很少聚在同個餐桌吃飯，就算有，常常也是滑手機配電視，有一搭沒一搭對話，吃飯只是例行公事，談不上更深層的閒情逸致。一個人時，我的陪吃夥伴則是手機或平板，配料就是電視劇的冷暖辛辣，唏哩呼嚕享用美食，心情跟著劇情七上八下，一人派對的滋味平凡而過癮，但長久下來，不免像無人房間裡兀自熱鬧的電視機，喜怒哀樂困在一方螢幕內，有些與現實解離的封閉寂寥。

在「吃」這件事上，N為我開啟了一個新的次元，原來簡單一頓飯，只要多點心思，也能獨一無二。

義大利有個詞叫做Bella Figura，直翻過來意思是「美好形象」。

Bella Figura是過日子的哲學，也是個人美學的實踐。然而，雖說是「美好形象」，但它並不是要人光做表面功夫、汲營於膚淺表象，而是基於「尊重自己」的心理，精心打理生活由大至小的各個面向，呈現人事物最美的樣子，也在身體力行的過程中，讓「美」反過來療癒自己。

將Bella Figura融入生活的人，無論是獨自用餐還是與人共食，都會將吃飯環境打理得賞心悅目，哪怕只是鋪個桌巾、插一朵花，還是用最喜愛的杯子斟杯小酒。別人不在意的細節，他們卻細心講究，例如絲巾的綁法、傢俱的和諧、碗盤的配色等；講求「門面」的態度，不僅讓自己沈浸於美，同時也造福他人，像是開小吃攤的會把環境灑掃乾淨，開酒吧的會把玻璃杯擦拭光潔，做裝潢的會在意一公分的測量誤差。而Bella Figura的生成是雙向的，透過書本電影、思考洞悉等，漸漸培養出對美的意識和格調，以此打造出來的生活，也會反過來滋養我們自己。

Bella Figura能夠實踐在生活的各個層面，從個人美學，拓展到整個城市，甚至整個國家的美感，它不僅是尊重自己，也是尊重身邊一起生活的人們。

領略到Bella Figura的概念後，行走世界的步調就慢了下來，生活雜質緩緩沈澱杯底，顯現出人事物的迷人本色。生活不再是社群媒體的焦慮攀比、行屍走肉的走馬看花、得過且過的麻木無覺，而是眼前所見的一動一靜、潛流暗影——義大利午後的陽光、卡布奇諾綿密的奶泡、一顆番茄的顏色質地、義大利男人曬黑的夏季膚色、義大利女人驚鴻一瞥的風情萬種——慢動作中，原本扁平的事物與被忽略的細節一一鮮明地跳了出來，生活的滋味層次堆疊，情調與品味於焉而生。

N向我展現的是，即便是窮學生，也能運用超市特價食材和一點佈置心思，打造一頓氣氛迷人的晚餐。心中有美，不必花大錢，也能把平凡的生活過出限量版的價值。

自娛娛人，是一門高深的藝術。內在空洞的人對於膚淺刺激照單全收，才不至於時時百無聊賴，而內心豐足的人，總能從一草一木，一頓飯一杯咖啡中，獲得無限樂趣。只要美好形象存在心中，所到之處所做之事，都將閃閃發光。

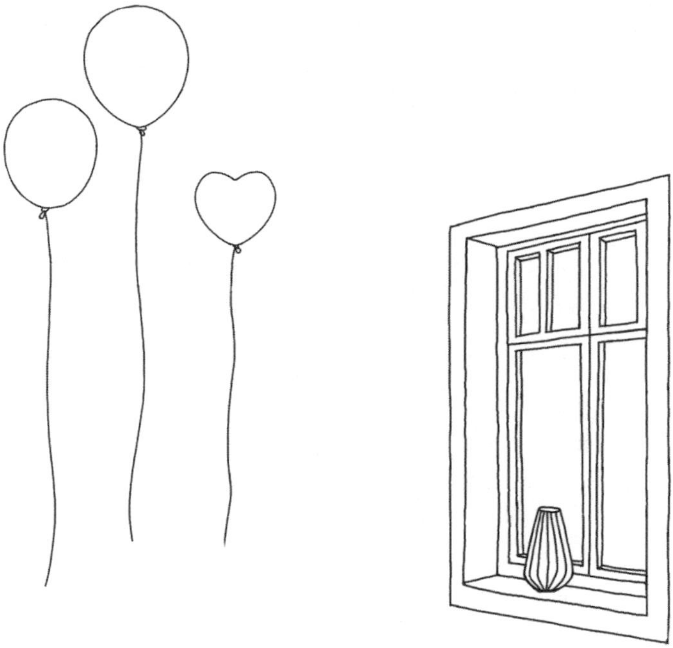

梵蒂岡奇遇

某年夏天在梵蒂岡，我深切體驗到國民外交的重要性。

去羅馬之前，聽說當地有很多景點若不事先線上訂票，現場排隊要排到海枯石爛，於是出發前幾天，我打開官網準備預訂，沒想到迎面撲來是一片眼花撩亂，同一景點的票種繁多不說，訂票流程還很複雜。打開英義辭典，動用Google翻譯，一字一句小心翼翼前後對照，最後貌似成功預訂了羅馬競技場、鮑格才別墅與梵蒂岡博物館等林林總總的門票，闔上電腦時滿心歡喜，以為接下來的行程也會如此順利，但惡夢總在人得意忘形的時候發生。

前往梵蒂岡的那天，頂著七月毒辣豔陽和擁擠人潮，我和朋友推啊擠啊好不容易進了梵蒂岡博物館大門，千辛萬苦終於抵達取票櫃檯，本想喘口氣，售票員卻一臉陰沈地降下一道晴天霹靂的消息：你們訂錯票了。對照後，才發現我買到了一個時間早已錯過的表演，卻沒訂到參觀梵蒂岡博物館與西斯汀禮拜堂的重頭戲。我傻在原地，心疼著浪費了十幾歐的錢，可憐了痠痛的腿，還辜負了朋友對我的信賴。眼前的售票員面色凝重，而我後面是滿滿的排隊人潮，有的人已開始發出不耐煩的鼻孔吭氣聲，也有人不斷朝我們投來質疑厭惡的眼神。我進退維谷，猶豫著該不該超支旅遊預算基金，果斷再花數十歐重新買票，還是乾脆直接打道回府，放棄這一回合。

天人交戰之際，賣票的那位義大利男人突然面色轉亮說，「欸你們是台灣人喔？」我點頭稱是，他停了一會，扯著纜線把他的電腦螢幕轉過來給我看，他的首頁竟然是Taiwan News。「我超愛台灣，」他長得有點像《穿著Prada的惡魔》裡的光頭藝術總監Nigel，黑框眼鏡後方的眼神亮晶晶的，「我前女友是半個台灣人，我去過台灣好幾次，之前住在信義區。」他說。

誰能想到，在離台灣千里遠的梵蒂岡，竟然會在眾多售票員的其中一個，遇到一位曾經住在信義區的義大利人？

他的手指在鍵盤上快速飛舞，「你們感覺就像台灣人，我很確定⋯⋯。不然這樣好了，我幫你們改票。」說著，就自顧自忙起來，在螢幕前敲敲打打，一下子就幫我們弄了兩張新的票，「一般來說，你們是要重新購票的，現在直接補差額給我就好。」

我感激地接過那兩張發著聖光的票，不斷向他道謝，本想趕快離開，他卻還聊得意猶未盡，完全無視後方那些依舊在排隊的人，「我還要再回台灣一次，我超喜歡台灣人，還有信義區，大安森林公園⋯⋯。我未來應該會在台灣定居吧。」他眼神迷濛，似乎預見了未來的美好想像。

離開售票口之後，我一直想像著那位售票員的台灣生活，我想他的鄰居或許人很好、樓下的超商店員很可靠、而擁有半個台灣血統的前女友，可能也對他不錯吧？

生活在龍蛇混雜的城市，不免容易發展出「我不犯人，人不犯我」的生存哲學，大家井水不犯河水，斬斷了麻煩的可能，卻也阻擋了良善的擴散。但「善」的意識是一種漣漪，就像那位義大利售票員曾在台灣遇到的人們，在生活的某時某刻，對他做出了善待的選擇，而這些決定在他們無法理解與想見的層次向外擴散，最終在未來的某天，幫助到我這個素未謀面的陌生人。

善意的以偏概全，是否就是國民外交的意義？

日常生活中的「善」，或許無法立竿見影，卻像一滴滴墨水，滴進我們悠遊其中的大染缸，每個念頭，每個行為，無論多麼微小，無論是善是惡，都將共同決定這缸水的色彩是明亮，還是晦暗。

每一個旅行成癮者，都是詩意成癮者

一年聖誕節，我和男友到義大利的杜林（Torino）去拜訪朋友。城市燈火燦爛，夜空下浮盪著金色的氤氳光霧，人們或獨行或成群，在輝煌的巨型拱廊下行走，小酒館傳出溫暖的人聲與燈光，空氣裡有肉桂與奶酒的香氣，舉目仰望，滿城火樹銀花，如星河蛛網般壯麗。

我們如夢遊般，在這魔幻的城市裡漫遊。一整個晚上，沒有急著去哪，也不急著做什麼事，就只是不斷地走，不斷地觀看，不斷地談笑，不斷地喝酒，萬事萬物從身邊流淌而過，櫥窗裡造型華麗的糖霜蛋糕、街頭藝術家彈奏的樂音、咖啡廳裡的熱鬧混亂、義大利語的莊嚴禱告與低俗笑話，全都為這夜上了華美的滾邊，化成難以用日常語言捕捉的吉光片羽，點滴化入心坎，在意識底層分合聚散，激發出一股難以言喻的情懷。不知不覺間，我起了滿身雞皮疙瘩，對眼前這個凡塵俗世生出一股無與倫比的珍惜熱愛，同時也因意識到時間流逝而人終將一死，觸電般感到一股麻痺的驚惶悲傷。複雜的情緒沖刷著內心的海岸，一波未平一波又起，可言說的和不可言說的，都成了絕對的真實。我驚訝發現，這樣的感受，竟與我在讀詩時內心所產生的化學變化極為相似。

這個世界就像一首詩。我想。

然而，我是一直到二十歲後半，才慢慢開始理解「詩」是怎麼一回事。過去，讀現代詩時只覺得句法跳躍、意義不明，沒有過去沒有未來，沒有角色沒有故事，還有一堆奇奇怪怪的字眼，樣樣都跳脫我所熟悉的日常語言習慣，逐字逐句艱辛讀完，依然一頭霧水，使我一度偏頗地認為詩人都是些假鬼假怪、曲高和寡的人。

然而，隨著生活經驗增長，智識感性得到一些突破後，漸漸發現事物的表象，往往不過是真實的冰山一角。這個體悟使人不敢再輕易判定是非黑白，不再凡事以自我為中心，並使人打開全新的感知面向，接受一切潛在的可能性。

奇妙的是，就在這段時期，我開始懂得品嚐詩句裡蘊含的宇宙，並對旅行產生了截然不同的看法。

作家吳明益曾說：「詩是一種品質，而不是一種文類。」詩映照了現實，而事物裡面有詩，兩者互相灌溉，恣意野蠻生長，世界與人心皆多形多義。

體悟這點後，旅遊的意義就再也不同。過去，總是汲汲於社群媒體的經營、忙碌於踩點和購物清單、對自身的狹隘眼光毫無自覺，然而自領會到詩意的存在後，便甘願什麼都不做，任旅途中的一切如紙頁上的文字，帶領我探索不可預測的未知，無論那將抵達明媚之地，抑或險峻之處。

有次在印尼一個小島上，遇上了前所未見的暴風雨。傍晚時分，雨勢不大，我和男友N就騎著租來的機車，到靠海的一家餐廳吃晚餐。沒想到短短一個小時內，毛毛細雨竟下成了狂風驟雨，空中雷電交加，大海低沉怒吼，餐廳的屋頂開始漏水，天花板上的吊燈隨著狂風劇烈搖晃。有人渾身溼透地跑進餐廳，大喊大叫，說外面水淹到半個人高，有些地方甚至停電了。我與N面面相覷，飯吃完了，卻不敢走。然而，夜漸漸深了，雨勢卻絲毫沒有減輕的跡象，此時餐廳老闆趕著打烊，我們就這樣被請了出去。外頭昏天黑地，不到一分鐘我們渾身溼透，漆黑的路上一盞路燈都沒有，我們戰戰兢兢地發動機車，祈禱在黑暗之中平安找到回旅館的路。

我們吃力前行。能見度極低，機車頭燈的照射範圍之外是一片黑暗，雨點不斷重重地打在皮膚上，彷彿要將人徹底擊垮，而雨聲轟隆作響，遮蓋了所有的聲音，萬事萬物進入一種寂滅狀態。年久失修的道路坑坑洞洞，積水底下藏著大大小小的陷阱，我們一度連人帶車掉進一個大坑，半個人直接泡進水裡。奮力離開那洞後，我們壓下驚恐繼續前行，沒想到此時竟然迷了路，騎進一條越來越窄的巷子，兩邊的建築物造型詭異，剪影張牙舞爪，閃電照耀瞬間，看起來像一個個頂上長著黑毛的怪異廟宇。我們嚇得半死，趕緊掉轉回頭，狼狽地原路撤回。情況宛如四面受敵，我們憂心忡忡，擔心再次掉入水面下的坑洞、害怕機車半途故障，而人生地不熟的環境更讓人感到分外無助。最後能回到旅館，簡直是一個奇蹟。

回去後，我們驚魂未定，將濕透的衣服從身上剝下，恍恍惚惚地去沖熱水澡。擦乾身體，躺到乾燥的床上，歷劫歸來，全身虛脫，心中激動萬分卻說不出話，我轉過頭，和N對上了視線，兩個人竟然同時大笑了出來。然後，我們開始激烈纏綿。

外頭暴雨持續肆虐，電子在大氣中激烈碰撞，意義在實心與空心之間閃跳迸發，我既心慌又心安，既驚恐又沈醉，如此異樣而矛盾的情感，像點燃意識的第一道電流，使我全身上下泉湧著源源不絕的生命力。

這種生猛陌生而迷人的感受，最終成為了我對旅行、對自我、對閱讀、對遠方的追尋。

旅行，不是為了羨煞旁人，不是為了逢迎流行，而是與自我進行純粹的對話。將自己放入那陌生的空氣、語言、文化與人群中，勇敢離開賴以為生的觀念偏見、個人身分與舒適圈，敞開心胸，讓意料之外與超出經驗的一切行走內在，就像閱讀一首又一首詩，在絕處逢生與柳暗花明間，遇見新鮮的詩意與挑逗的新意。有時你發現自己置身荒涼曠野，有時則身處輝煌宮殿，但無論是華麗還是蒼涼，一切的一切都是你自己，不脫普世人性，卻如此獨一無二。

透過旅行，透過讀詩，心走向未知的遠方，眼界變得寬廣，眼神變得溫柔，你會更了解自己，也更貼近世界。旅人為了詩意的片刻，不斷地踏上旅程。為了在陌生的旅館房間裡醒來，為了嗅聞雨水在不同城市裡的氣味，為了在移動的夜車上捕捉萬物光影，為了世界如語言千變萬化永不重複的排列組合，我們一次又一次上路。

每個旅行成癮者，都是詩意成癮者，只因一切有意義的追尋，都與內在事物有所共鳴。

旅行，不是為了證明自己，而是在消滅自己後，在別處重生。

披著人皮的吸血鬼們

週末見到L姐在臉書曬出了婚戒照，週一上班時在茶水間碰到她，我微笑著說恭喜啊。

「謝謝妳～」L姐臉上綻出酒窩深邃的甜笑，接著話鋒一轉，「啊妳呢？什麼時候要定下來？」

「不知道，還早吧。」我邊笑邊壓下熱水，咖啡粉一下被沖開，香氣漫溢整室。

「妳男友不想定下來喔？」L姐靠在流理台邊，閃著同情目光做出結論。

「也不是，只是都覺得還不急……」一不小心，手被滾燙的咖啡杯燙了一下。

「男人說不急都是有理由的，妳年紀也不小了，再拖下去也沒人要。姊姊告訴妳，不好的男人就要斷捨離！」L姐眼神非常認真。

我愣了一下，然後苦笑著說，好，我再觀察！離開茶水間時，手上的泡好的咖啡一口都還沒喝，體內卻癢癢爬起一股類似咖啡因攝取過量的毛躁。

又有一次，平時總是穿褲裝的我，心血來潮穿了一條裙子。

L姐見到，誇張地哎呦一聲，「今天怎麼穿這樣？」

穿這樣是怎樣？我一時判斷不出語意，於是走中間路線，「對啊！今天天氣不錯。」L姐露出一抹奇異的笑容，「今天下午要去見客戶對吧？很聰明喔！」

L姐走遠以後，我還在試著分析她的意思，她是在稱讚我穿得亮麗一點能給人好印象，還是在暗示我打算用露出來的腿來博得男客戶的好感？既然無法得知L姐真正的意思，再想下去就是鑽牛角尖了。我決定把這次對話拋到腦後，但那種不小心被炙熱物燙到的驚詫與不悅，卻在我心上烙出隱隱發疼的水泡，事後想起，一碰就痛。

L姐是這樣一個人，笑臉迎人、體貼周到，做什麼事都妥妥貼貼，總是為了你好為你著想，但是說不上為什麼，你的內心深處卻直覺地抗拒她。她就像一杯餘韻不佳的咖啡，聞著香醇可人，喝下去才驚覺其中酸澀，但對於味覺不夠靈敏、分不清品質好壞的人來說，批評咖啡的你，反而成了刻薄的壞人。

有段時間焦慮難安，在朋友的大力推薦下，我開始練習冥想。早上醒來時，深呼吸幾下，將黑暗中散落四處的意識一一收回，注意力來到頭頂，然後掃描般，一截一截慢慢往下，從臉行經胸腹，一路下滑到腳趾，一寸肌肉一寸肌肉，一條神經一條神經去感受。令人驚訝的是，透過這個簡單的練習，我第一次真正意識到體內藏了多少的痠痛與不平衡：僵硬的肩頸如惘惘的威脅，預示了緊張性頭痛的發生；慣性的向右偏斜隱喻著生活中的失衡，始於微小，卻在麻木習慣後積累成難以回天的慢性疼痛；左腳踝經過一夜熟睡，變得如遭人遺忘的隔夜肉般僵硬，韌帶舊傷的疼痛冷冷膩膩浮泛上來，像深埋心底的難堪舊事，你以為早就痊癒了，它卻一直藏在肌理某處伺機而動。

人對身上的慣性病痛習以為常直至視而不見，而我們是否也在麻木無覺中，任由生命中那些爛瘡般的人勾附皮肉，日夜吸血？

這樣的人，就像披著人皮的吸血鬼，表面與常人無異，正午安然無恙在陽光底下，夜晚睡在床上而非棺材，但他們對血卻有著難以克制的癮，時不時得掠奪他人溫熱的血液，來調節體內的寒冷匱乏。人間的吸血鬼有著各式各樣的面貌，或許是最親密的另一半，或許是理應愛你的家人，或許是道貌岸然的宗教領袖，也或許是社群媒體上某些人事物；每每接觸後，你總感到焦慮、疲憊、受傷、痛苦，就像骨髓氣血被盡數吸乾，整個人成了一具乾癟委頓的軀殼被丟棄一旁。

L姐便是眾多吸血鬼的其中之一，而且段數極高，眼力弱點的，連怎麼被害死的都不知道。長年征戰職場的她，兼容了迷人的純真與拿捏得宜的世故，無論進攻退守都如魚得水，對內對外都八面玲瓏。然而，L姐的純真卻不純粹，反而像一團霧，裡面藏著形狀模糊的尖銳物，被刺傷的人，往往說不清楚是被什麼刺傷，以為一切只是不小心、不經意、沒惡意；而L姐的世故也少了溫暖，像一把冰冷堅硬的尺，尺上有清楚的道德刻度，當她拿那把尺出來裁量世界的時候，那姿態如此權威可信，令人不由自主地崇拜信服，但當她把你多餘的邊角與不規則的形狀粗暴裁掉時，你才會在劇痛中驚覺，她其實從來都不在乎別人痛不痛，有時候，你甚至還以為她在你身上剪開的傷口，是出自於愛。

所謂當局者迷，對於生命中的爛人爛事，我們往往是等到萬劫不復後，才驚訝於自己的後知後覺。

然而，形象可以偽造，直覺與氣質卻不行。每個人、每場對話、每次相遇，都會在心底留下餘韻，那餘韻有時像春日暖陽般溫暖迷人，使你覺得世間有愛，有時卻像一場猝不及防的冷雨，使你靈魂發炎，狂打噴嚏。定期的自我掃描於是如此重要，它揪出隱藏在日常背景中的謊言，也揭露藏匿內心深處的自欺。

然而無論如何，終究還是得和吸血鬼們共享這擁擠的城市。

能逃則逃，能躲就躲，逃不了至少要死得清清白白。

此生或許當不成驅魔人，至少不做冤死鬼。當邏輯與理性不再可靠時，內觀就是大蒜，直覺便是護身符，配備身上行走人間，是一種骨氣，是一種尊嚴，也是一種做人應有的清醒。

後來，公司一個重要的專案開天窗，L姊將責任全數推到我身上。

這個專案非常複雜，相關資料多如牛毛，L姊或許賭我漫不經心，早已丟失其中一份能自證清白的文件，而她心底也知道，相較於她長年細心經營的優良形象，平凡職員如我此時說的任何話，聽起來只會像是狡辯。

然而，憑著心底那份隱約的警醒，過往任何與L姊相關的來往紀錄，我都暗中備份起來，成功逃過了她的陷害。後來L姊見到我，從前那一團溫柔迷霧消散了，取而代之是毫不掩飾的敵意。

這樣也好。吸血鬼顯了形，躲起來更容易。

我討厭《Eat, Pray, Love》

有一年，電影《Eat, Pray, Love》（中譯：享受吧！一個人的旅行）突然爆紅，茱莉亞．羅勃茲坐在長椅上，小口小口吃著冰淇淋，眼睛朝著迷人自由的遠方望過去的畫面，成為小資們的新版巴黎夢。一瞬間，大家都在談論著離開舒適圈、女孩當自強、踏上旅途尋找自我等人生命題。

那時的我正值迷惘期，這波風潮來得像場及時雨，我跟隨著眾人腳步，滿懷期待去看電影，希望能從中獲得我所缺乏的正能量。

沒想到，非常失望。

電影女主Elizabeth無庸置疑是客觀標準的人生勝利組，她健康、美麗，靠熱愛的寫作賺錢，擁有一棟大房子，還有一個深愛她的丈夫，但是她不快樂、不滿足，感覺心底有什麼長久被忽視的缺失與遺憾隱隱躁動。一天深夜，她自問一句「難道就這樣了嗎？」為了回應這個問題，她暗自下定決心，要離開現在的人生，離開老公，離開婚姻，離開美國，她要到印度、峇里島與義大利去找尋自己。

這個心靈成長公式，讓我起了滿身雞皮疙瘩。

Elizabeth所謂的「人生低谷」，是身在特權階級，有車有房，另一半深愛她且負責忠心。但她不快樂，於是拋棄一切轉身離開，留下一屁股爛攤子給人收拾，似乎在「聆聽自己的聲音」這樣冠冕堂皇的理由前，所有的不負責任與幼稚衝動，都可以被「做自己」的口號一筆抹銷。離婚後，出版社給了Elizabeth二十萬美金的預付旅遊基金供她上路，送她千里迢迢前往第三世界國家去回應內心的聲音，如果這叫「人生低谷」，那多數人應該是活在地質層的最底吧。

當然，外在的成功與內在的明暗並不一定成正比，但電影對Elizabeth的諸多煩惱自白與人生挫折是那麼的輕描淡寫，那麼欲蓋彌彰，那麼充滿了「我家坐的黃金馬桶讓我的屁股感到很冷」這樣的牢騷，令人不禁懷疑，Elizabeth內心真正的問題，其實不在於她白人中產階級生活的失落上，而她心靈危機的解藥，也不見得能從峇里島的靈性導師、義大利艷陽下的冰淇淋和印度的冥想道場中得到。這些事物只是點石成金的媒介，但石頭是否真的能成金，還要看一個人對自己是否誠實。

Elizabeth這個角色，電影開始時是一個人，繞了地球大半圈後，還是同一個人。吃了很多盤義大利麵，邂逅了幾段愛情，咀嚼了一些人生金句，然後，以容光煥發、法喜充滿之姿返回家鄉，現在，她可以在圈子裡講述旅途中的靈性頓悟，衣櫃裡多了幾件民俗風服飾，並且不意外地順利獲得了新的愛情伴侶。放棄，追尋，再次回到雙雙對對靈性滿載的菁英生活，真實人生若真的如此簡單輕易該有多好。現實中的人，多的是尋尋覓覓依舊找不到另一半，渴望改變生活卻被責任義務羈絆，甚至還沒出發就已經丟失自己。這些失敗如此真實，卻注定永遠被排除在《Eat, Pray, Love》這樣的身心靈成長電影之外。拿得起放得下，說到底是一種特權。

Elizabeth的成長背景不是她的原罪，這部電影真正的罪過，是一方面賣弄著不痛不癢的痛苦與創傷，一方面卻又鐵不下心拉不下臉去碰觸最真實最深刻的問題，並且讓人誤以為，原來靈魂生了病，人生出了差錯，只要去遙遠國度瑜伽冥想、到美麗異國吃喝玩樂，一切就能迎刃而解。

一個朋友到澳洲打工旅遊，回報說那裡除了大片的葡萄園外，還有好多的Spiritual Assholes。

他的房東L太太，每週上三天的瑜伽課，熱愛水晶礦物與占星術，自認是個不同常人的高敏感者，對世界萬物充滿熱情與好奇心，孜孜不倦地挖掘表象事物背後的真理。但在現實中，L太太卻時常口是心非。她會滿臉熱情問你想不想吃點起司，你若不識相地說要的話，就會在她臉上瞥見一抹被佔便宜的不悅；L太太所謂對世界的好奇，僅止於她所熟悉所理解的小宇宙，在那之外的人事物皆被她貶為邪魔歪道，而她最經典的說話起手式就是「我不是在歧視，但是……」；而L太太對現實表象的不信任，則投射到她對各種陰謀論的深信不疑，例如，她逢人就說新冠肺炎疫苗，是比爾蓋茲在全人類體內植入晶片的陰謀。

朋友也分享了另一個相似的故事。他在一場音樂祭裡，與一群剛認識的年輕旅人吃迷幻蘑菇。其中一個男孩Z，左手臂上有梵文刺青，右肩胛上有濕婆畫像，他來自英國一個中產階級家庭，爸媽都是老師，每年聖誕節餐桌上滿滿佳餚等著他回去團聚。

Z開口閉口都是愛與身心靈，他說人類最大的問題，就是不夠愛彼此，如果有愛，就不會有戰爭，不會有貧富差距，不會有傷害與痛苦。但是，Z卻在音樂節的第二天，就被抓到在帳篷裡與友人的女友親熱，而Z的女友則因為嗑藥過量，倒在一棵樹後面不醒人事，過了一兩個小時都沒有人發現。還好她人最後沒事，不過要是她醒來後聽見Z博愛人間的事情，不知是否會再昏過去一次。

這些Spiritual Assholes，也有人說他們是Spiritual Narcissists，但在我看來，他們並非真正自戀，而是極度不安。人們缺乏快樂，不知道如何追求，於是轉而追求快樂的樣子。於是，各種「正能量」傳銷便趁虛而入，它們緩解了徬徨無措的神經，提供了立竿見影的錯覺，只是當這些「正能量」淪為形式，一手遮天地否定失敗的存在、創造閃閃發光的虛假人設，甚至被用來作為鄙視他人的工具時，則添加了一味毒性，輕則使人認不清現實，重則傷人傷己而不自知。

人生往往正負共存，快樂不在於消滅所有負的、強調所有正的，而是在正與負之間學會妥協、接受與平衡，並在一次又一次的試錯中，披荊斬棘地走出一條忠於自我的路。

如Bob Dylan在《Rolling Thunder Revue》裡說的一句話：「人生重點不在於尋找自我，也不在於尋找任何目標，人生的目標是創造自我。」

瑜伽不是終點，旅行不是終點，《Eat, Pray, Love》的生活方式不是終點。淋漓盡致的人生，是為了瑜伽而瑜伽，為了旅行而旅行，為了吃而吃，為了祈禱而祈禱，為了愛而愛。就像我們往往在繞了一大圈之後，才發現答案其實早就在自己心裡。

成爲後天性內向者

從小，我就觀察到這個世界似乎對外向者比較好。

班上被排擠的同學，十個有八個是內向者。他們安靜內向，低眉斂目，永遠杵在熱鬧人群的外圍，戰戰兢兢將自己藏入陰暗的角落，就像擱淺水裡的待宰牡蠣，深怕鮮嫩粉紅的肉一伸出殼外，就要被人用利刃傷害；而班上最閃耀發光的，往往是那些不畏他人目光，鎮日驕傲地搖鰭擺尾，無論旋轉跳耀抑或單純游過，都鱗光閃閃青春奪目的少男少女。精實的肌肉在球場上張弛飆汗，肆無忌憚的談笑宣示著令人嫉妒的自信，他們霸佔了教室裡的話語權，搶走了舞台上的主要位置，劃定了弱肉強食的界線。但凡動物不是趨近光熱就是藏匿陰影，當他們列隊行經，有的人甘願尾隨，有的人識相避退，出了校園進了社會，情形依然如此。

不知多少出於天性，多少受到後天啟發，我也逐漸長成一個活潑外向的人。

初上大學時，朋友成群，夜夜笙歌，好一陣子，一週七天有四天都泡在夜店，期間還曾做過DJ與派對公關。成群結黨，熱鬧歡騰，三天一小會，五天一大聚，通訊軟體像火車總站一樣繁忙，而我周旋其中樂此不疲，敞開身心任友情愛情與激情灌溉，花凋謝一朵又盛放一朵，生命力無限循環，生猛刺激。然而，外向的我卻不擅獨處，閒置的夜晚使我暗暗恐慌，像是浪費青春，更像是不知拿自己如何是好，但我無暇細想，依然不可自拔於人際關係的迴旋舞中，就像乘著盛大嘉年華裡的旋轉木馬，週而復始地轉啊轉，身邊景色糊成流麗繽紛的一片，從未有過暫停歇息的空檔，好好地看一看圍繞身邊的人事物。

那時候，身邊有一群關係緊密的朋友，彼此時而欣賞，時而互相競爭，為了獲得認同，許多事我不為自己而做，而是為了團體中他人的目光而做。表面從容，實則彈精竭慮，沒想到幾年過後，畢業來臨，出國的出國，搬遷的搬遷，失聯的失聯，大夥頭也不回各自踏上人生道路，一下子人去樓空。頃刻間，我精心搭蓋的華廈成了廢墟，喪失了它的價值與意義，就像那些為了國際名望而建造的遊樂園、模範住屋與高速公路，華美巍峨卻乏人問津、無人在意，僅是一場瞎忙碌空歡喜。這才發覺，原來無論幻術怎麼變，人到頭來，真正擁有的只有自己。

大夢初醒。世界不是巴黎，人來來去去，始終有筵席散盡的一天。驚醒的力道像一把煞車，放慢了旋轉木馬的速度，我跨腳下馬，終於走出那小小的圓周之外。

外向者的能量，往往來自外在的關注與刺激，身邊的每個人都像一面鏡子，無限反射著他的倒影，顧影自憐，也自證存在。

那些年抽的菸，喝的酒，熬的夜，多半屬於社交性質，其實敏感體質如我，只要一點點尼古丁與酒精，便會讓我隔天生不如死。但為了符合某種文化符碼，為了獲得同溫層裡的認同，那些痛苦總在幾顆止痛藥與一場長長的睡眠後被拋諸腦後。事後看來，這一切並不如想像中值得。

一直以來，是我誤會了外向與內向的定義，誤以為外向代表強者，內向只能是弱者。就像從前在班上後來在職場，那些說話最大聲的、活動參與最活躍的、性格最不怕生的、最勇於表現自我的，即便實際上不是最優秀，卻總能獲得更多關注與認同。

然而，外向或許吸引目光，卻不一定等於堅強自信，而內向看似沈靜收斂，卻不代表虛弱無能。外向與內向是一個光譜，就和世上許多事物一樣，中間存在著無限排列組合的可能，我們在其中游移，時而內向時而外向，時而是披著內向皮的外向者，時而是披著外向皮的內向者。沒有那麼絕對，沒有那麼容易定義，然而正因如此，我們才能給彼此更多的仁慈與餘地，在寬敞的自由之中認識自己，而不被區區外向與內向的形式給束縛。

而自由，是在光譜之間自在游移而不受懲罰壓抑，自尊自信也不被外界眼光左右，外向內向也不再蒙蔽一個人的全部。

於是隨著年歲增長，外向磨去了浮躁的銳角，內向的溫柔轉成了力量，曾經的外向者們，漸漸長成了後天性內向者。

後天性內向者孤獨卻不孤僻，懂得享受獨處時光，必要時也能大方成為派對焦點；後天性內向者不畏懼社交，只是挑剔與誰社交；後天性內向者依舊懂得玩要，只是不再盲目追隨外在的遊戲規則，也不願為了獲得他人認同而勉強自己。

成為後天性內向者，是一個過濾雜質的過程，心的樣貌整齊清晰後，對於身邊人事物的要求也跟著提高，就再也不願違背本心，做自己不願做的事情。

後天性內向者知道，即便世間最繁華的筵席都會散盡，但流動的燈火從來不在他方，而始終在自己心底。

2 / LIFE：

寂寞作為一種

迷人的慢性病

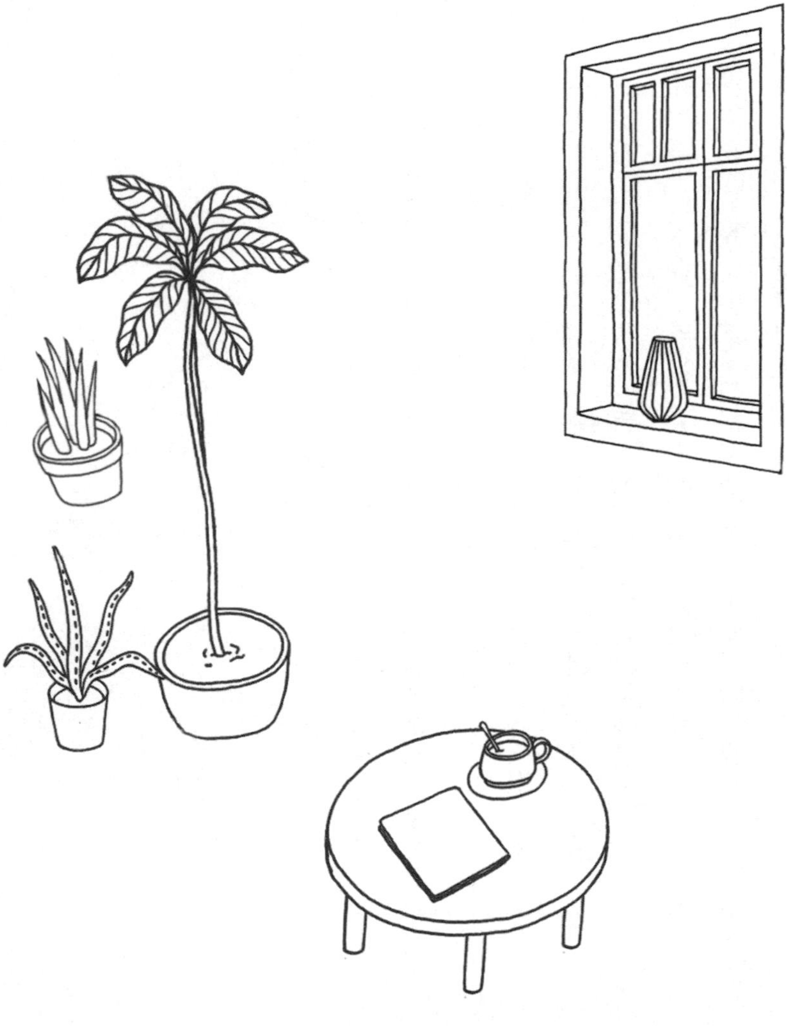

寂寞作爲一種迷人的慢性病

大學畢業後那段時間，茫然不知所從，父親看不慣，一天晚上對我說：「我給妳兩條路走，一條路是去念研究所，另一條是去找工作。」斬釘截鐵的語氣如釘子與鐵鎚，要為我的人生蓋棺定論。面對沈重威脅與日常的種種挑釁，雖然焦慮不安，卻更因此不願輕易屈服，於是我沈下心來，繼續不動聲色。

然而表面雖然鎮定，卻每日每夜的心慌。談起夢想和理想，我從未有過任何宏大的目標，能夠毫不心虛義無反顧地前進。我所愛的，不過就是看書寫作、旅遊散步、和朋友到餐酒館吃吃喝喝閒聊生活。凡此種種令我快樂滿足，卻都是父母眼中所謂的不務正業，完全構不成正當人生的基礎。只是從小到大，一路升學，一切都被安排得好好的，令人心安，卻嚴重缺乏自主。而此時的我，再也關不住二十二年的壓抑，強烈地渴望著自由。

徬徨之際，男友N正好計畫回義大利去探望家人，看著我日夜掙扎，他說，「妳沒有離開原生家庭生活過，不如跟我一起去義大利一陣子，花點時間思考人生到底要做什麼，」還有，「房租免費，每天可以吃我媽煮的菜。」

我被最後兩句話收買了。就這樣，領出所有打工存款，打包兩大箱行李，站穩馬步，準備好面對人生的第一場家庭革命。

父母得知我的決定後非常憤怒，家裡頓時成了戰場，日日夜夜的爭吵、嘶吼、淚水、辯論、冷戰輪番上陣，沈默是一種暴力，語言也成了武器，尖銳的鈍重的，一一向我迎面丟擲而來，但無論我如何被挫傷割傷燒傷撕傷，表面都強硬地故作鎮定，只有在關上房門之後，才渾身癱軟倒在地上，細細舔舐著身上刺痛流血的傷痕。

每一次的交戰都勾起過往的痛苦。我不斷回想起成長過程中被父親高壓統御的大小創傷，這使我更加確定，若不狠下心來一意孤行，下場只有被拖回那以愛為名的牢籠，在毒性豢養中日漸喪失自己。我以冷靜面對挑釁，以理性對付歇斯底里，不求被理解，只求問心無愧。啟程的時間一日一日逼近，我去意堅決，絲毫沒有動搖的跡象，到最後，父母終於意識到阻擋我離開的唯一方法，只剩下用鐵鍊將我拴在無窗的房間內關禁閉，於是，他們最終不得不向新的現實妥協。休兵熄火，遍地狼籍，連月以來的內戰宣告結束，只是此時雙方都已元氣大傷，這場戰役，並沒有真正的贏家。

出國那一天，父母開車送我到機場。

他們對我雖然有著諸多不滿，卻還是在出國前陪我到處採買，並為我準備了茶葉鳳梨酥等禮品，就怕我禮數不周，給人留下不好的第一印象。也或許，他們只是想在我離家之前，多一點與我相處的時間。而數個月來總是擺出一副鐵石心腸的我，內心卻飽漲著不安與不捨的酸楚，若是沒有強大的自制力戒備不怠，一不小心就會氾濫成災，使我人設毀滅，前功盡棄。

過了機場第一道安檢後，我回頭看，見到在嘈雜擁擠的人潮邊緣，父母還站在那裡朝我引頸張望。見到我在看，他們對我揮揮手，嘴角擠出微笑，眼神卻參雜著擔憂、關愛與譴責。那樣的眼神太過沈重，我奮力擠出一個自信堅強的笑，頭一別，狠下心往海關走去。父母一從視線消失，我的眼淚就不可遏止地流了滿面，只是這樣脆弱的畫面，在當時的戰略考量下，是絕對不能讓父母看見的。

兩部電影，幾頓飛機餐，黑夜星辰化為朗朗白日，我在燦爛艷陽中抵達義大利。比薩機場小小的，一下子就看到了N。他為我準備了一個火腿三明治，一隻捲好的菸草。我們在托斯卡尼的公路上搖下車窗，輪流抽著一根菸，聊著小別以來大大小小的話題。炎熱的空氣順著風灌入車裡，空氣裡有曬乾的草的氣味。我看著左右兩邊綿延開來的黃棕色土地，恍惚間意識到這是我第一次踏入了一個全然未知的新生活。我不敢相信我做到了。連飛好幾個小時的疲憊，突然襲捲上來，我在行駛的車上睡著了。

剛到義大利的那幾日，生活忙碌而精彩，見了N的家人、好友與同事，東奔西跑辦理居留手續，中間也抽空到附近的大城小鎮做觀光客，但等一切塵埃落定後，生活再次回歸常軌，熱鬧歡騰的日子，一下子就安靜空曠了下來。N當時在一間靠海的飯店工作，來自世界各地的旅客絡繹不絕，他一週工作五到六天，每天動輒十二小時以上，我們幾乎只有晚上才見得到面，但經過一整天周旋在手腳遲鈍的同事、蠻不講理的富豪與超乎常人負荷的工作量後，他往往已經累得不成人形。很多夜晚，我們就在電影，聊天，做愛與抽草間度過，隔天早上醒來，簡單吃了午餐、一起玩玩貓後，他便跳上車為生活打拚去。

白天的時間我幾乎都自己一個人。

那時我的義大利文仍不流利，就連到附近的雜貨店幫N的奶奶買包駱駝牌香菸，或是早上到轉角的早餐吧點個可頌加濃縮咖啡，都是十分吃力的事情。當你喪失了語言，也就喪失了你的身分。在台灣，我是個立體的人，有家庭背景，有個人歷史，有鮮活的性格，有特定的社會階級；到了義大利，我卻成了一個空白扁平的異鄉人，喪失了幽默，遺失了機智，甚至失去了部分的生活能力。我的學歷、背景、愛恨情仇突然之間再也不具任何意義，沒有人在乎，也沒有人理解，在當地人的眼中，我只不過是個膚色太白的亞洲女人（常有人跟N說，我應該多曬點太陽）。

我時常一整天說不上一句話，唯一的陪伴，是書、寫作、電影，還有N養的幾隻貓而已。

有時候接到台灣家裡打來的電話，從對話與語氣中拼拼湊湊，得知我不在的這段時日，父母之間的關係似乎變得更緊繃，再加上父親生意失利，妹妹在升學壓力下愁雲慘霧，家裡的氣氛陰沈乖戾，三天一小吵，五天一大吵，我既擔心又難過，理智上雖然知道這並非是我的責任，也不是我能解決的問題，但還是忍不住產生一種拋棄家庭的深深罪惡感。反觀當下的生活，在國外已然數月，對未來依舊沒有頭緒，豈不應驗了父母的冷嘲熱諷，說我這一趟只不過是浪費錢不負責任出去玩？

家人與我心懷隔閡，義大利的生活仍然陌生，唯一支持我的N又忙得不見蹤影，我的心一天比一天鬱悶，當初以為離開台灣、遠離父母、從二十多年來一成不變的人生中喘口氣，或許能幫助我釐清思緒，為未來指引道路，但至今依舊一片茫然。我驚悚地意識到自己其實不確定自己在做什麼，也痛苦地認知到，無論我做了什麼人生選擇，都無法同時討好所有人。人生有多少該留給自己，多少該奉獻給身邊的人？面對這個千古哲學問題，我啞口無言。

在偌大的時空腳下，我赤身裸體，手無寸鐵，軟弱無用。我躺在床上，一躺就是好幾個小時，床單的皺摺起伏幻化成世界盡頭的沙丘，在月光下冷淡冰涼地佇立不動，無邊無際的空曠寂寞橫行駛過，那寂寞最終漸漸長成一種慢性病，在我體內開枝散葉，隱隱發炎騷動。

有天下午，我看著窗外晴朗無雲的藍天，第一次恐慌發作。一路走來的無數衝突，使我不得不去思考人生的意義，我為了什麼而工作？為了什麼而生活？為了什麼而唸書？為了什麼而愛？這樣的問題不斷追問下去，必然碰觸到生存本質的思考，而我發現自己沒有答案。第一面骨牌於是被推倒，開始質疑起人生所有的現實、道德與規則，曾經賴以維生的觀念變得陌生而搖搖欲墜，過往深信不疑的價值體系崩解了。在傾頹的城牆腳下，我的心被恐懼的爪緊緊攫住，銳利的冷使我發自內心深處顫抖，那段時間，我很怕見到夕陽。無根存在的恐懼使我喪失現實感，甚至使我懷疑一切皆是虛幻想像。我躺在床上的時間越來越長，每天只是吃飯喝水，就連最愛的書也看不了。這可不是我當初想像的情況。

為了重獲腳踏實地的真實感，我不得不開始練習將注意力拉回現實中的微小細節。

漸漸的，我的感知變得敏銳，洗澡熱水滑過肌膚的軌跡、草地在腳下的窸窣聲響、夏日涼風的柔弱無骨，無花果在嘴裡爆裂的汁液，全都強烈而清晰地刺激著我的神經，感官資訊爆量，萬物七彩紛呈，稍一掠過，便吹皺一身雞皮疙瘩。

如此感受，前所未有。過去的人生在對比之下，突然顯得那麼渾渾噩噩、行屍走肉，從未真正思考或提出重要的問題，只是日復一日在人潮推搡之中浮游載沉。只是過活，並非活著。

被恐懼癱瘓在床上的那段時光，就像跌入一池又深又黑的無底泥濘，我只能不斷向上蹬腿，拼命大口呼吸，才不至於往下沉沒。然而，意識或潛意識中的事物，卻在被徹底打碎後，以我無法全然理解的方式，找到了新的方式重新組裝。攤在床上兩個月後，一個平淡無奇的下午，一句話突然清清楚楚躍出腦海，清晰得就像電影畫面底下的字幕：

「如果恐懼如此真實，那快樂也該同等真實。」

突然之間，長久棲據在我體內的冰冷，久逢暖陽般，一點一滴冰融消散了。

那一年，我離開了熟悉的一切，來到一個全然陌生的國度，沒有得到我預期的事物，卻經歷了意想不到的突破。

有人說：「遲早有一天，生活會讓所有人都成為哲學家。」

那場寂寞的慢性病永遠改變了我。曾經那麼焦慮不安、無知無感，於是懵懵懂懂、隨波逐流，卻在遠離一切熟悉的人事物後，才誤打誤撞地學到，原來體驗「差異」是旅途的真諦，它將你去中心化，將你掏空，以此騰出空間來裝進新的東西；獨處則是一種成長的推力，它過濾掉生命中使人分心的人事物，使你不得不面對最真實的自己，探問勢必碰觸的人生命題。

差異與孤獨，往往會在心裡引爆恐懼，然而恐懼雖然可怕，不斷的逃避，卻會使人墮入真正的地獄。

從低潮走出來後，我去了威尼斯一趟。天氣又濕又冷，海上霧氣在夜晚的聖馬可廣場上幽幽聚散，我與友人在巷內一家燈光溫暖的小餐館吃海鮮喝紅酒，結帳離開後，兩個人都醉醺醺的，在黑暗蜿蜒的小巷內漫無目的地散步聊天。那時正值面具嘉年華，轉個彎，就在暈黃的燈光底下看見容貌詭麗精緻、服裝繁複華美的面具人，他們的表情凝固在喜怒哀樂的不同階段，姿態優雅地在廊柱陰影下曳地而過，從迷霧中現身，又隱沒到迷霧中去，宛如神秘瀉湖上的海市蜃樓，又如一個個滯留人間的怪異神祇，既美麗又恐怖。

人生，的確是既美麗又恐怖的。穿梭在這些詭譎華麗的面具人之間，神秘的夜霧，海風的鹹味，酒足飯飽的幸福，歷劫歸來的和解，使這場即將結束的夜晚，飽漲著難以言喻的感動。身邊的朋友突然說了一句：「有時候覺得世界這麼美，真希望永遠不要死去。」

我默默流下眼淚，那眼淚既哀傷又幸福。

寂寞的慢性病痊癒了。後來留下的世界，前所未有的嶄新迷人。

成年人的社交障礙

從小，我便被教育成一個冷酷的懷疑論者。

阿姨旅行回來，送我一盒鳳梨酥，爸爸撇了撇嘴，說那是收買人心的禮物。我和外婆感情很好，從小在外婆家蹭飯到大，直到年近三十都還有紅包可拿，不過爸爸又眯起了眼，說那不過是諂媚討好的舉動。

「任何善意，背後都有目的。」爸爸耳提面命。

「但他們是家人。」我抗議。

「家人更是如此。」爸爸說。

不過，每當奶奶煮飯給我吃，爸爸總要我心懷感激。

不諳世事的我，內心雖然對爸爸的教導有點抗拒，最後卻都還是內化到了心底。

人的良善永遠別有居心，人的相聚只為利益。戴上這隻懷疑的眼鏡，視力好像變得更銳利，能一眼看穿他人的矯揉造作與不安好心。

小學時，一個身患罕見疾病，被全班同學霸凌的女生，有一天帶了好多墊板來學校，每一張都印著很炫的圖片。曾經欺負她的人此時聚了過來，眼神有點嫉妒，沒想到她不計前嫌，將墊板一一分送出去。後來，她開始定期帶小禮物送給大家，同學們收下禮物，不再找她麻煩，但還是沒人願意跟她一組，就怕被歸類到同一個賤民階級。我並不同情她，卻覺得班上同學真是噁心。

讀國中時，有段時間家長得輪流到校監督晚自習，有一天，一個同學的爸爸幫全班同學買了 Häagen-Dazs 冰淇淋，一人一小盒，全班四十幾人，花費了上千元。大家都很開心，只有我暗暗冷笑，覺得這不過是一種炫富與拉攏人心之舉。

成長過程中有太多事情，應驗了爸爸所說的話，於是我開始深信不疑。

長大後，我交了很多朋友，社交生活也過得十分精彩，但是，我打從心底無法相信任何人。

家人對我好，只不過是養兒防老的一環，現在收的賄賂，老了以後都要還；情人對我好，只不過是想拿我洩欲，我相信人生隨便一點障礙，都能讓我們的感情馬上潰散；朋友對我好，不是因為我是我，而是因為我身上有可利用之處，利盡以後，十之八九會轉過頭去不認人。

我一面懷疑著所有人，一面履行一個「正常人」的社交行為，我和朋友聚餐、唱KTV、上夜店、環島旅行，身邊朋友越來越多，每個週末都有飯局，但是我沒有難過時能說心事的對象，沒有能不顧形象講低級笑話的朋友，也沒有任何一個我願意心甘情願付出自我的人。

認識的人，常常覺得很困惑，覺得我表面上很好相處，實際上卻永遠隔著一道牆，無論怎麼繞都繞不過去。不過久了也習慣了，沒人費心撞破那道牆，彼此仍舊客套往來，生活中還有很多事更值得煩心。

一切是如此的禮貌而文明。

社交榮景的假像，在某年聖誕節破滅。

佳節前夕，我經歷了前所未有的低潮，生病、情變、家庭紛爭、工作瓶頸同時發生，暴雨壓境般洶湧襲來，整個城市都在準備慶祝佳節，我卻獨自一人關在房內深陷情緒寒流。為了忘記痛苦，我打電話問身邊朋友要不要一起過節，沒想到，所有人都各自早有安排，而我不在任何一人的邀請名單上面。掛上電話後我才驚覺，原來我們不過是點綴彼此生活的裝飾品、心血來潮的社交同伴，外出用餐的人頭分母。

於是低潮又更低了。

不過，像我這樣沒局沒朋友的人，似乎到處都是，甚至可以說是現代成年人的常態。不是某個學者還說，孤獨是二十一世紀的傳染病？

成年人交朋友和小孩子是不一樣的，小孩子沒想那麼多，誰願意玩在一起就和誰玩。成年人卻十分難搞。成年人都經歷過某種形式的玷污，也都嚐過生活的苦頭，很容易就對人生產生一種功利性質的追求、受過傷後的憤世嫉俗，以及自我保護的節制冷漠。我們要不是還抱著佛系態度，愛情友情一切隨緣，不然就是呈現半放棄狀態，要我們在出門社交和在家玩貓之中做決定，十次有十一次會選擇後者。

其實成年人，多多少少都有點社交障礙。

障礙不去克服也不會死，頂多像廚房流理台上，那罐永遠打不開又捨不得丟的罐頭。但是障礙不去克服，也就永遠吃不到罐頭裡美味的醃菜。

後來有一次，我和爸爸聊開，才知道他對岳丈家的不信任，原來源自一段遙遠複雜卻早已過期的家庭紛爭。我聽著這些陌生的故事，一方面對爸爸的敵意恍然大悟，一方面卻深深地覺得被欺騙了。他與別人的戰爭，不是我的戰爭，他的扭曲價值觀更不該成為我的人生圭臬。長久以來，似是而非且帶著太多主觀情感的教育，將我捏造成一個造型詭異的器皿，外型體面，放在誰家卻都格格不入。

成年以後，我開始重新學習怎麼交朋友。

三毛曾說，「人活在世界上，最重要的是有愛人的能力，而不是被愛。我們不懂得愛人又如何能被人所愛？」

我很幸運，後來遇上了很多不吝付出的人們，每個人都成為我摸索路上的榜樣。

友人M，對人的好總有一種漫不經心甚至隨意的性質。一次聚餐，她突然毫無來由給我一個紙袋，打開一看，是一件深藍色的長洋裝。那天不是我的生日，也沒有其他送禮緣由，我問她為什麼，她聳聳肩說，「昨天在大特賣看到這件，覺得妳穿一定很好看，就買下來了。」我想要給她錢，她卻說一件不過兩三百，沒什麼，要我乾脆請她喝一杯啤酒。

友人R與C，是一對擅吃也擅煮的同志伴侶，心血來潮便準備滿滿一桌料理，打電話邀朋友來聚。他們在平日下班的夜晚、週末狂熱夜前的空檔、甚至情人節中秋節大過年，一次又一次地餵哺我。平時對澱粉油脂糖分十分抗拒的我，卻對他們端上的蘑菇起司燉飯、南洋蔬菜綠咖哩和糖霜紅蘿蔔蛋糕毫無招架之力，通通照單全收，不只因為美味，更因為吃的是一種愛，就算胖也胖得心甘情願。

友人L，不知什麼時候記住了我討厭香菜這件事，後來每當她下廚，遇到該放香菜的料理時，總會先替我盛起一盤未被「污染」的食物；友人I，無論出國到何地旅行，總會為我帶回一兩件小禮物，東西不是在免稅店或俗爛紀念品店隨便買買，而是細心考量了我的喜好與當地特色後做出的選擇；友人H，常在家進行各式各樣的實驗，當她鑽研醃漬時，那陣子我家的冰箱就多出了好幾盒勁辣爽脆的泡菜，當她嘗試居家種植時，我的窗檯就出現了幾盆她贈送的小盆栽；還有F，即便我們住在不同國家、生活在完全不同的圈子，每隔一段時間，他都會記得寫一封長長的信過來，確認我是否一切安好。

這些善於付出的人們，從來不求回報、不比較也不計較，一切只在隨心隨喜、符合本心，這讓從小被教育成一個冷酷懷疑論者的我如沐春風，從不知曉原來愛可以如此毫無目的、理所當然且自由自在。一直以來，我以為索愛的人是勇敢而強勢的，後來才發現，那些默默給予的人，很多時候才是內在豐盛而強大的。

友情和愛情很像，存在著一見鍾情與日久生情，死心塌地與決裂破局。Grass is always greener where you water it. 好的親密關係需要不斷滋養，教會我們患難與共，也讓我們持續成長。

人生由許多平凡的片段組成，沒有愛，那些畫面索然黯淡，有了愛，卻轉瞬燦爛永恆。

而一段好的關係，總有一抹永恆的特質，那些回憶像夏日陽光，在漫長的一生中粼粼閃閃，在最黑暗的時刻，仍持續提醒你曾經照在皮膚上的溫熱。

成年人克服社交障礙，是透過他人重新認識自己的過程。學會信任、學會勇敢、學會去愛，在他人眼中的清澈倒影裡，看見自我存在的真實樣貌。

地獄，陽光普照

夜晚，父親戴著老花眼鏡，安然端坐書桌前面，眼前是一本攤開的老莊思想。「我回來了。」我大聲宣布。父親抬起頭來，對我露出一抹微笑。我問他在讀些什麼，他眼睛閃閃發光，和我分享老莊今天帶給他的人生體悟。我默默聽著，他看起來就像個知書達禮、仁慈和藹的男人。眼前文明和樂的景象使我恍惚，好像剛從黑暗的歷史隧道走了出來，還來不及適應過亮的陽光。我仍記得，在今日這片榮景底下，沈積了多少經年累月的創傷。

過去，我與父親的關係非常惡劣。好長一段時間我們在小小的家擦肩而過，看都不看彼此，連一聲招呼都不打，就像擁擠通勤路上相看兩相厭的陌生人，一句話一個眼神一個迴身都嫌太多。而這樣的冰凍，並非一日之寒。

兒時，父母常常爭吵，一次為了件小事，從車上吵到回家，父親一路咆哮，母親不斷哭泣，而我和妹妹則全身緊繃僵在後座不敢出聲。本以為回家後這齣鬧劇終將告一段落，沒想到父親氣沒消，一點風吹草動又燎起驚天動地的怒火，在家門口面目猙獰朝著母親大吼，舉起食指，用力地去點她的額頭，每一點都是一次羞辱，母親的頭咚咚咚地撞到後面的牆上，彈回來，再撞回去，像顆乒乓球。母親哭得歇斯底里，雙手軟軟地垂在身體兩側，像小女孩般毫無反抗能力。眼見如此，我二話不說，拉了母親和妹妹，直接往家門外走。我在路上攔了一輛計程車，想起了上學途中常常經過的一家旅館，和司機報了路。後照鏡裡，我看見父親無視身旁車流呼嘯，瘋子般紅著眼徒步跟在計程車後頭，面露兇光好似殺人魔追逐獵物，手到擒來後便會將我們撕個粉身碎骨。我緊緊盯著紅燈倒數，默默希望趕快轉綠，母親驚恐的聲音從車裡的陰影顫顫傳來：「這樣好嗎？」我冷冷回應，「就是要這樣。」綠燈了，計程車往前開，父親的身影越來越小。

在我依然對婚姻與愛情懵懂的年紀，就已經開始插手父母的婚姻問題，時而當冷戰的溝通橋樑，時而當挺身而出的正義使者。童年記憶裡，父母的形象總是兩極，父親是面露兇光的惡鬼，母親是懦弱可悲的枯花，兩個畫面如殘酷的陰與陽融合又旋轉，週而復始，我在裡面頭暈目眩，噁心想吐。

成長過程中，父親以統治亂世的方式控制著我們，對他來說，只要違逆他意的，就是亂，就是必須傾盡全力碾壓教訓的罪行。人之初性本惡，亂世用重典，小孩要乖，必須採取高壓教育。父親對我冷嘲熱諷、精神羞辱、言語霸凌，卻告訴我這是愛之深責之切，是提前部署，幫助我先習慣社會的殘酷。小時候，有一次醒來找不到媽媽，我在空蕩的家裡遊蕩，最後在頂樓的陽台邊看見她。母親背對著我，沒發覺我的存在，前一天晚上她與父親起了爭執，如今一動也不動地看著天空。我不知道她在想些什麼，卻直覺地認為應該給她空間，於是我一聲不吭地回到樓下。有時候，我覺得那時若是出聲叫她，或許對她可能是一種安慰。就像後來，每當父親對我咆哮的時候，我都希望她不只是會哭。

「為什麼妳不離婚？」不只一次我問母親。

「想離啊，但怎麼離？」千篇一律的回答。

「妳不是有存款嗎？可以先搬去外婆家住啊？」我說。

「等妳和妹妹長大後再說吧。」她說。

但我早就知道，母親嘴上說想離婚，其實她根本不敢。自由是一件可怕的事。

有一次，爸爸和他的爸爸吵架了。外頭玻璃砸碎、重物摔落的聲音驚動了我，跑出房間，看見大人們頭髮凌亂、臉紅氣喘，腳邊一片狼藉。還搞不清楚發生什麼事情，母親便急匆匆地將我和父親推出大門，遠離衝突現場。回到車上，空氣奇異地凝結，好一會沒人說話。突然間，父親竟摀著臉哭了出來，哭到肩膀抽動、鼻孔發出聲音。我心裡有點厭惡，堂堂一個大男人哭什麼哭？又有點不可思議，原來惡鬼也會傷心？

父親並非無時無刻難以親近。有時候他會說笑話，有時候他會買禮物給我，有時候他會開車載我們去兜風。那樣的時光很美好，只是讓人很困惑，交雜著愛的暴力，到底是愛還是暴力？

這個世上存在著很多壓迫，對女人的壓迫，對少數民族的壓迫，其中有一種也很可怕，是家長對小孩的壓迫。對孩子來說，家庭是唯一的歸屬，沒了家他什麼都不是，也不能是。這樣的依賴有時候代表安全，有時候卻很危險，因為當家中的掌權者向下施壓時，孩子哪裡也逃不了，只能困在這個小小的世界，即便滅頂也發不出任何求救的聲音。那是一種結構性的暴力，以愛為名的暴力。有的人長大後掙脫出去，有的人終其一生困在牢籠，而有的最後成了獄卒，將身上曾經受過的傷複製到下一代囚徒身上。

我與父親的關係看似此生無望，沒想到後來發生的事情，改寫了原本的結局。母親生了重病。事情發生得太突然，所有人都措手不及，確診、開刀、化療、休養，一切像曝光過度的底片，從眼前一晃而過，沒人記得任何細節。所有人都嚴重受到驚嚇。生活重新洗牌。父親開始思考人生的意義。母親倒下後，那段時間我一邊照常寫作，一邊到父親麵店幫忙。每天下午打烊後，我就與父親騎車去吃午餐，無言之間醞釀出一種患難之情。其實早在這之前，父親就曾經試著與我和好。當人真正意識到終有一死，就會看開很多事情，同時也會產生很多悔恨。

一天晚上，我與父親去找車位，停好後本來要下車，突然間，他卻像積壓了很久似的，滔滔不絕地說起話來。他說他最近常常想到十八歲的時候。我問為什麼，他說，因為十八歲前後他是不一樣的人。為什麼不一樣？因為我從小被父親打，以現代標準看來是家暴的方式打。到了十八歲我忍無可忍了，有一天我接住他的棍棒，告訴他我已經成年了，以後你再打我，我絕對會打回去。

從此之後，父親再也沒被打過，但是那無助、恐懼與暴戾，從此烙印在他的細胞裡。

「我不想和他們一樣。我想要改變。」父親說。在黑暗之中，我看見街燈在他臉上閃爍淚光。那一瞬間，我好像看到了一個蒼老的孩子。

父親大半生，都在愛的焦慮裡載浮載沉。他沒有成為父母期待的醫生，也沒有成為光宗耀祖的達官貴人。在父母眼中，他是一個失敗的兒子，而他也一直怨恨著他們。但恨其實生自於愛，有多恨就有多愛。為了將父母的錯待合理化為愛意的展現，父親於是將他唯一懂得的愛的方式，複製到他的女兒身上，不為別的，只因那是他此生摯愛的父母。

人只要有足夠的理由去愛一個人，就能夠合理化所有加諸在身上的虐待。就連地獄，都是陽光普照。

那天車上談話的最後，父親向我伸出手來。「對不起。」他說。我握了他的手，兩個人像剛談成一筆生意一樣，彆扭地握了握，心底激動萬分。

世上最複雜的感情，不是愛情也不是友情，而是親情。你可以從情人從朋友身邊走開，從此老死不相往來，但你無法輕易剪斷原生家庭之間的血緣連結，生命與生命之間的羈絆，道德與良心的束縛。創傷會複製，人終其一生，都在呼應著原生家庭的愛與恨，無論是怨天尤人地舔拭傷口、有意無意地重複傷害，還是竭盡全力爬出地獄。

有句話說：「如果你正行經地獄，繼續往前走。你為何要停留在那裡？」

過去的創傷，並沒有因為父親的道歉而一筆勾銷，它們成了疤痕，永遠蝕刻在我的心房。

但對於過去，我選擇原諒，原諒不是忘記，也並非懦弱，而是一種仁慈。人生大半時候，我們忙著面對世界的惡意、消化那些無法理解的傷害，卻在這個過程中筋疲力盡，逐漸喪失了愛的能力與願意，並在這錯待的無限輪迴裡，成了彼此的地獄。

在這樣的困局裡，到最後能幫我們一把的，或許就是對彼此的一點仁慈。

道別的最好方式

好長一段時間，我和家人都不相信外公失智了。

他像以前一樣，看報、吃飯、午睡、散步，臉上一抹淺淺的微笑，一樣的沈默寡言，外表完全看不出異狀，甚至有客遠道而來，他還穿上了體面的服裝，坐在客廳裡說說笑笑。唯一的改變，就是原本患有三高的他，藥似乎吃得越來越多、越來越雜，那些色彩繽紛的小藥丸小膠囊，一小顆一小顆分門別類，全都裝在一個塑膠盒裡，日日三餐飯後，一粒一粒配水吞下。

那時，沒有人真正知道什麼是老人癡呆，沒有人把這一切當一回事，以為無論外公生的是什麼病，看看醫生吃吃藥終究會好。一直等到外公開始看見幻覺、情緒越發不穩、頻頻叫錯子女的名字時，我們才驚覺大事不妙。

外公本是個寡言的人，很少和人說心事，在他腦袋急速惡化的那幾年，所有人都在忙著過自己的生活，他也一聲不吭一語不發，自行承受了那一段急轉直下的下坡路。

漸漸的，他不再煮他的招牌牛肉麵。漸漸的，他說話開始前言不對後語。漸漸的，他忘記了我們誰是誰。

短短兩年內，外公就從一個看似健康正常的男人，成了一個吃喝拉撒都需要看護幫忙的病人。

死神悄悄降臨，但祂不馬上走，祂守在外公日日坐著的那張躺椅上，每天向我們展現死亡如枯樹般猙獰的樣貌。

那段時間，我開始注意到一些其他事情。

例如巷口有家我常常光顧的雞蛋糕攤子，有一天突然就沒開了。

我以為老闆偶然休息，但後來去了好幾次，那個攤位再也沒開張過，少了平常熟悉的醇厚奶油香氣和三三兩兩的排隊人群，巷口突然變得十分空蕩寂寥。那是全台北市我認為排名第一的雞蛋糕，外脆內綿，裡面還咬得到香草籽。最後一次吃的時候，並不知道會是最後一次，那是個很普通的一天，我以很普通的心情吃掉了雞蛋糕，老闆的表情也很普通，看不出任何計畫關店的憂傷或預兆。如果事先知道再也吃不到這家雞蛋糕，我想那天應該會以全然不同的態度，滿心珍惜地去吃那最後一次吧？搞不好還會多買兩袋。

很多人事物似乎就像這樣，每一次碰面可能就是人生最後一次，每一次感受也可能是最後一遍，我們從未被給予好好說再見的機會，即便有幸能正式道別，往往也讓人不知所措。

在台北，我有許多外籍朋友，少部分人選擇長住下來，更多人卻因簽證問題或人生規劃而來來去去，每一次的分離，都從我心中抽走一小片此生再也無法複製的珍貴記憶。在疫情大流行前，我也曾在旅途中遇見各式各樣的人，其中不乏幾個心有靈犀、有潛力發展成摯友的人選，只是我們常常在碰面後不久就要各奔東西，而遠距離朋友就像遠距離戀愛一樣困難，甚至更困難，所以各自心知肚明，無論曾經的歡慶時光多麼深刻美好，這個再見可能就是永遠不見。

想到過去的愛情，還有一路上那些短暫交往的情人們，往往是來時盛大，走時輕巧。我們在公寓門口在旅館房間在夜半車站前分別，上一秒還掏心掏肺、親密繾綣，下一秒就雲淡風輕、往兩個方向頭也不回離去。最長的感情持續了六年，我與他國籍不同，工作與人際圈紮根在不同國家，關係中也有許多的不盡人願。然而，那六年依然過得相當精彩而充實，我們一起做過很多事，像是夜半嘴饞時到租屋處樓下的夜市買宵夜、夏天在義大利鄉間悠閒地開車兜風、休假時在旅館泳池邊看書一下午……，這些事情發生的當下，我的心很平靜，從來沒有興奮或幸福到要死的感覺，有時候甚至忙著為某些事煩惱焦慮，偶爾還無聊到睡著。然而，每當我們來到了在機場互相擁抱、互道再見的時刻，我總會突然大夢初醒般淚流不止。我覺得那些時光似乎不應該有結束的一天，但，即便是巴黎流動的饗宴，都有掃地阿姨出來洗地的時候。

我和外公最後一次完整的談話很短，那天只有我和他坐在客廳，他突然笑笑地對我說，「人生很短。」那時我不了解他的病，再加上幼稚無知，於是很官腔地回應他：「人生很短沒錯，所以才要好好生活。」那時外公老是整天待在家，我說這話，本意是想鼓勵他多出去走走。但阿公只是又重複了一次，「人生一下子就過了。」我覺得莫名的沉悶不安，後來沒坐多久，就告辭了。外公還活著，但他的精神狀態已在無解的他方，我雖然還能對著他說些什麼，但那都只是一廂情願的回音罷了。我從未來得及和「完整的」他好好說一句再見，而這句沒說出口的「再見」，中間橫亙的就是一生。

究竟該如何和一個人道別？

這幾年反覆經歷了各式各樣的「再見」後，我發現道別不是一個特定的時刻，而是一個持續流動的過程。當我們與某人初識，說了第一句「你好」，從那時候就開始邁向最終那句「再見」，因此，道別的最好方式，就是認真地、珍重地活在當下。

波瀾不驚的生活，本身或許就是一種幸福。無風無浪，沒有驟然降臨的離別、沒有充滿遺憾的再見、沒有晴天霹靂的噩耗，只是像平常一樣，去最喜歡的餐廳點一樣的菜、被同一本書感動第二次、傳訊息給某個人並確定對方不久後就會回覆……，我想這對我來說就是幸福了。

而關於說再見的最好方式，不是寫卡片、不是Farewell Party、不是擁抱道別，而是在每一件事發生的當下，用盡全身力氣去感受與給予。

2／LIFE：

寂寞作為一種迷人的慢性病

3

/ DESIRE /

雜交派對的壁花

比情色更情色的事物

彩虹頻道是我的性愛啟蒙。

讀幼稚園時，下課回家就成了電視兒童，一個人拿著遙控器亂轉亂看。有一天，不小心轉得太遠了，從陽光普照的兒童頻道，來到了一個旖旎詭譎的蠻荒之地。畫面上，男人與女人的肉體碰在一起又分開，來來回回地反覆開合，看起來像是在玩某種遊戲，但又無法解釋為什麼他們的表情那麼痛苦。雖然完全無法理解自己到底在看什麼，但我心中有個開關卻第一次被彈開，那是一種結合了驚奇、恐懼與快樂的水閥，一開就一發不可收拾地洩洪。後來，只要大人沒注意，我就偷偷轉到成人頻道，享受被那莫可名狀卻異常強烈的激動給淹沒，那感覺，就像第一次坐雲霄飛車，直達彩虹雲端。

後來才知道，那重力加速度，又恐怖又愉悅的感受，叫做慾望。

上小學後，我的性刺激來源從電視轉移到報紙。那時我每天拿著零用錢去超商買早餐，除了三明治和牛奶外，還會多花十元買一份《蘋果日報》，上面時不時會有桃色新聞、姦夫淫婦、AV女優、S＆M等報導，這些名詞我都是第一次讀到，卻能下意識辨識出它們是情色的、是不同的，是存在於乾淨整潔有禮貌的日常之外，被大人倉皇失措掩藏到陰暗之處、屬於另一個澎湃曖昧世界的事物。

然而，無論大人如何地阻擋，對小孩來說，這個世界仍然充滿了爆量的情色訊息，勢不可擋。

電視電影、報紙廣告、少女漫畫、同儕閒聊、黃色笑話，還有大人以為藏得很好的情色片……經年累月，這些來自四面八方雜七雜八的性資訊在我體內持續累積，不斷地刺激、壓抑、反彈、堆高，最終形成一股純粹而強大的力量，推動我無意識地將手伸向下體，回應身體最原始的呼喚。十一歲時，我第一次體會到性高潮驚天動地的滋味。

那是人生中性快感的純真黃金年代。然而，隨著年紀增長，這個曾在我心中輝煌耀眼、生機勃勃的盛世，竟然一點一點地變髒、黯淡、腐爛。摧毀性愛的純粹，是後天習來的道德禮教與成熟世故。當孩子內心的情色被大人驚覺時，隨之而來的，就是極權政府式的鞭笞與碾壓，這些教訓、警告與懲罰散佈在日常的肌理，時而明顯，時而隱蔽，自然而然且理所當然。孩子在還搞不清楚發生什麼事時，內在盛放的火焰就被一把撲滅，留下燃燒過後的遍地死灰。

帶著這樣的傷，我們持續長大，然後有一天，終於體驗到第一次真槍實彈的性愛。這個時候，死灰再次復燃，但很可惜，只是部分。我們欲拒還迎或勇往直前地奔向性愛，內心卻始終盤旋著骯髒不潔的陰影，尤其當你身為女人，那無形的枷鎖更是沉重。性的羞辱、性的恐嚇與性的束縛，從四面八方鋪天蓋地而來，只是這次我們終於搞懂了，性之所以不只是性，是因為性在一個厭女社會下，成為了父權既得利益者賞善罰惡的工具。然而，這一切不應該如此複雜的。有人反抗，有人服從，有時以進為退，有時以退為進，我們在性的展場裡來回踏步，有時候以為走了很遠，有時候卻驚覺又回到了原點。

天真無知的小女孩，最終長成了一個世故的女人。隨著年歲增長，想法不斷變化，二十歲時與三十歲時的價值觀天差地遠，其中也包含了看待情色的方式。

例如對於視覺性刺激的敏感度，已經大不如前。從前蘋果日報上的一張圖片、檳榔盒上衣不蔽體的台味美女，又或是任何一部情愛動作片，都能輕易地令我臉紅心跳，然而不知從什麼時候開始，早已對報章雜誌上的腥羶見怪不怪，對於成人片的品味也越發挑剔，演技、聲線、身形、質感、節奏皆一一納入品評，有時就這樣花了一個小時仍找不到有感覺的作品，礙於時間有限，只好關掉重重視窗，黯然銷魂。

對於性伴侶，口味同樣越來越刁鑽。從前看人，外表佔了很大的比重，隨著經驗增長，光有好看的皮囊已經不夠，還需要有點內涵，有點腦袋，有點色氣，有點品味，才能真正挑起歷久不衰的性慾。就像我曾以為性愛分離不是難事，甚至方便，後來更同意哲學家亞里斯多德所說：「比起性交，人們更願意被愛。情慾更多是對愛而非性交的渴望。如果情慾主要是為了性，那麼，性就是情慾的終結。或者性交並不是一切的終結，也可能是為了被愛。」為了性而性，以及以愛為目的的性，解決的是兩種不同層次、不同深度的需求。而愛是那麼複雜。

原來，裸體不一定色情，性交不一定色情，色情片也不一定色情。是那比情色更情色的事物，為靈魂帶來真實的撼動與生命力。

比情色更情色的事物，虛無縹緲，沒有公式，絕無捷徑，只能靠自己在黑暗中摸索形狀。我們有電影品味、衣著品味、知識品味，同樣也會有情色品味。既然我們可以清楚說出為什麼喜歡這部電影，又為什麼討厭那部電影，或許也可以練習自問，為什麼這樣的性是好的，那樣的性是壞的，從這段成長與揀選過程裡，更深刻地認識自己。

有句話說，「像小孩一樣的純真」，但身為大人，是永遠不可能回到兒時的純

真。幼童的純真，是白紙一張的無知；成人的純真，是經歷過種種玷污、輕慢、攀折、毀壞之後，仍有重新站起的力量、坦然面對的從容、一笑置之的氣度，還有超越改寫的勇氣。那是萬劫回歸的純粹，洗淨鉛華的乾淨。而那些認為情色便是骯髒，甚至將壓抑抗拒及視而不見錯認為「純真」的，或許是不敢抑或無力面對心底最頑固的那塊髒污。

要是慾望從未被玷污，情慾的潛能無可限量。

關於性，最純潔的年代是回不去了，但我們卻掌握了辨識與形塑情色的能力，被撥正反亂，再撥亂反正，在一次次的摧毀中又一次次地重新建立，性的返璞歸真，是個人的自我修煉，也是一種療傷機制。真正有價值的事物永遠不在表面，就像真正具有摧毀力的事物，永遠藏在你避而不見的地方。

霓虹末世

每回走在東南亞炎熱的街道上，尤其是熱帶雨後的鬱悶時刻，腦海總會浮現作家莒哈絲的字句。

莒哈絲出生在越南，父母因為響應政府號召而來到法屬西貢謀職，然而不過幾年，父親就因病去世，母親則因投資失利欠下大筆債務。動盪不安的童年、恍惚高燒的熱帶豔陽，以及母親陰晴不定的古怪脾氣，使莒哈絲與兩個哥哥從小就被迫早熟，並在她的心底種下了乖張憂鬱與多愁善感。

莒哈絲十幾歲時，在湄公河的渡輪上遇到一位改變她人生的男人。

那男人是一位來自中國的富商，初次見面時，他穿著優雅的西裝，身上有高雅的氣味，開著一輛名車，還有一位司機；而莒哈絲穿著母親老舊的真絲連衣裙，戴著一頂突兀的男帽，蒼白的臉上透著黑眼圈，渾身上下散發著未成年少女奇異的性魅力，以及出身貧乏家庭不修邊幅的病氣野性。

富有中國男人與貧窮法國少女一見面，馬上就洞見了能從彼此身上掠奪的東西。

莒哈絲成了中國商人的情人。他們在熱鬧街市的公寓裡，日日夜夜歡愛，情慾如大海匯聚又消散，消散又匯聚。空氣中有燒烤、香料、茉莉花與炭火的市井氣息，街上人流光影在牆上流淌，莒哈絲一夜老去，她以為做愛後的憂鬱，來自白日歡愛的超脫日常感，實際上，那憂鬱早已存在她的靈魂裡。這場愛戀注定無法純粹：一貧如洗的法國人與家財萬貫的中國人、年幼女體與成熟男體、少女的自厭自棄及男人的耽美迷戀，他們的關係中，充滿著支配與被支配的矛盾、殖民與被殖民的輪替，以及權力的施展與反轉。

甚至直到最後，當這段注定不會有結果的愛情終告結束時，中國男人去見了莒哈絲的母親，兩人像做生意那樣，討價還價、銀貨兩訖，為這場愛戀做了交易結算。男人盡了應盡的責任，莒哈絲則用一生去懷念這個人，愛或不愛，純與不純，撲朔迷離。

直至今日，當我旅行至東南亞各大都市，依然嗅聞得到莒哈絲筆下的複雜氣味，還能感受到那呼之欲出的權力傾軋。

第一次到泰國旅行前，就耳聞那裡有不少獵奇的成人表演。本以為那些演出活潑精彩，表演者各個專業出身，沒想到實際體驗過後，才驚覺現實遠不如我想像中歡樂。

曼谷夜店裡，皮膚鬆垮的女人們站在舞台上，照表操課般把乒乓球塞到下體，再有氣無力地將球噴射出來，她們的表情百無聊賴，看起來好像連續工作了一個禮拜那樣疲憊；另一家酒吧裡，雞皮鶴髮的白人男子摟著年輕性感的泰國女子，隨手一拉就將女人的比基尼胸罩扯了下來，但她也不以為意，依舊嬌嗔著談笑風生；另一家S&M主題夜店，表演的女孩看起來似乎未成年，她跪著舔觀眾的腳趾央求小費，只要給一點錢，就可以掄起鞭子抽打她的肉體。

離開後，我心中混合著一股結合著興奮、厭惡與惻隱的奇異感受，但那感覺很快就在膚淺的自我辯白中消散，「她們也是要生活啊，至少我給了很多小費。」那時的我天真地這麼想。

另一次，到馬尼拉出差，當地友人得知我要去，便盛情邀請我參加週末晚上的一場狂歡。那是一家變性人主題酒吧，抵達時，男男女女一桌一桌，咬著耳朵說著情話，臉上的表情一下嗔，一下純，一下慾，桌上酒杯斟了又空、空了又斟，空氣裡流竄著費洛蒙與金錢的氣味。

這場派對的主角，是一位家財萬貫的印度男人。一開始，我們在桌邊喝酒，後來幾位女侍靠過來招呼，每個都穿著緊身洋裝與高跟鞋，凹凸有致的身材呼之欲出，甜膩嗓音中帶著男音的嘶啞。酒一杯一杯下肚，眾人興致越燒越旺，印度男人豪邁點了一瓶要價過萬的烈酒，這一點，驚動了整個酒吧，眾人歡呼，女侍送酒來時，經理跟過來打招呼，還招手示意其他幾個女侍加入。那瓶酒很快就被現場十多人一Shot一Shot乾掉了，桌上眾人眼神不約而同投向印度男人，他的姿態淡定又透著志得意滿，他清楚知道，他是這裡所有人的支配者。

果然，他接著向一旁陪笑的經理說，要請酒吧裡所有人喝酒，包括現場的客人、女侍、打掃阿姨與DJ。這下，整個酒吧被歡呼聲掀炸了，其他桌的女侍原本只是暗地觀察而不動作，現在全都拋下原桌客人湊了過來，把我們團團圍住。酒請完了一輪，又請了第二輪、第三輪，其他桌的酒客自討沒趣，臉上帶著訕笑或厭惡，一個個結帳離開了。頓時，整間酒吧成了私人包場，經理把大門關了，不再接待其他客人。兩個小時後，所有人都爛醉如泥，就連善於喝酒、閃酒的女侍們，也一個個搖晃起來。印度男人突然說，要他再繼續花錢，必須玩划拳脫衣遊戲。眾人依他，於是男人的衣服一件一件落地，女侍們原本已經衣著清涼，一下子就脫得一件不剩，光著腳歪七扭八。

我不善喝酒，於是整場旁觀。半夜三點，整個酒吧的人睡的睡，倒的倒，衣衫不整或赤身裸體，一橫一豎排列著，霓虹燈光打在這些肉體上，隨著電子音樂紅紅藍藍地閃動著，一片死氣沉沉，宛如惡夢。我在這片世界末日般的廢墟裡站了起來，感到無限寂寞空虛。我往門口走去，沒想到那位印度男子竟然起身，堅持要送我到門口。

離開前，他湊上來對我說，「妳有看到那邊那個清潔婦嗎？」他指了指樓梯間正在整理垃圾的疲憊女人，「我剛剛給了她三千元。她哭著跟我說，我是個大善人，幫了她好大的忙。」他說。

一陣噁心從胃部湧上。那股反胃，來自目睹赤裸粗暴的權力剝削、人性在權力底下的擠壓化約，以及一種既厭惡又被好奇吸引的矛盾心理。我想起莒哈絲，想起泰國之旅，想起潛藏在職場、家庭、擇偶與人際關係下的種種權力關係，一切看似很遙遠，其實都很相近。

那晚回去後，我在飯店裡做了一個夢。夢裡，我用泥土堆起一座大廈，唯一的材料是大廈本身的泥土，我不斷從地基掏挖，再覆蓋至大廈頂端，再挖，再蓋，搭蓋的動作必須比掏空的動作快，因為只要稍一怠慢，大廈就會向下塌陷。於是，我只好永無止盡、筋疲力竭地勞動著，到最後，支撐著我的，只剩下世界即將分崩離析的恐懼與焦慮。

那樣的焦慮，對階級，對權力，對慾望的焦慮，在莒哈絲的文字深處流淌，在一場又一場的暗夜狂歡，一個又一個極度平凡的日子裡與我重逢。

開放式關係實驗記

許多年前，我從一個男人口中，第一次聽到「開放式關係」這個詞。

他從未提起另一半，社群上也看不出任何交往中的痕跡，那晚當我們擁吻著跌到床上，慾火中燒正要第一次親密的時候，他突然懸崖勒馬。「等等，我想先告訴妳，我正在談一段開放式關係。」

我傻眼坐了起來，「你怎麼不早說？」

「我怕妳嚇到，我真的很喜歡妳，希望妳再多認識我多一點，或許就會更理解我這個人，也會瞭解為什麼我要開放式關係。」他誠懇地說。我請他解釋什麼叫「開放式關係」。

他說，開放式關係是一種以「信任」為原則的愛情，「它教你面對自己的嫉妒，幫助你更瞭解自己內心深處的真實需求與恐懼，而不是盲目地被限制在傳統主流的一夫一妻制裡。畢竟人的愛不是一塊蛋糕，分給一兩個人吃以後就沒了，我們的愛是取之不盡的，若不去好好探索，不是很可惜嗎？」他像背誦過一百遍般，溫柔純熟地說著。

我半裸著身子坐在床沿，一方面消化著愛情的破滅，一方面努力試著理解這個新概念，聽他說到：「開放式關係最重要的，就是完全的誠實。」這句話，臉上一陣熱一陣冷，覺得既失望又難堪，他那冠冕堂皇的樣子，在我看來就是個愛情騙子的嘴臉。

那次以後，我對「開放式關係」這詞就特別敏感，覺得奉行此道的人，若不是腦袋沒想清楚，就是拿些似是而非的大道理，來掩飾與滿足私慾的算計。那時的我萬萬沒想到，有一天我竟然也會走上開放式關係這條路。

我與X交往多年，見證過對方最美好的時刻，也領受過彼此最醜陋的模樣。那時候我們都還很年輕幼稚，不夠瞭解自己也無法理解對方，於是很容易就把對自我的不安、對生活的不滿，以及對未來的徬徨全都投射到彼此身上。我們吵架，我們冷戰，我們冷嘲熱諷，感情降到冰點，但諷刺的是，我們卻因為心底仍愛著彼此，而繼續待在這段不健康的關係裡。

我們急切地找尋出路。

身邊幾對處在一對一關係的情侶朋友，感情也面臨觸礁：有人在社群媒體上甜蜜放閃，背地裡卻男女關係混亂；有人表面裝出一副忠貞不二的樣子，背地裡卻創了小帳到處騷擾陌生網友；有人嘴裡海誓山盟，實際上，卻深諳「微偷情」的曖昧之道⋯⋯。

這一切，顯示了表面的「一對一」與實際上的「一對一」，是完全不一樣的兩回事。當年男人說的那句話悄悄浮現腦海：「開放式關係最重要的，就是完全的誠實」。

人們常把「一對一」與「開放式」放在對立的兩端。「一對一」就是社會常軌，是道德的、不淫亂的、從一而終的；而「開放式」則是社會邊緣，是背德的、淫亂的、始亂終棄的。然而，從現實生活的經驗來看，無論是一對一還是開放式，都無法保證一段感情的品質，說到底，或許當年那個男人說的並沒有錯，最重要的，不是形式，不是表面，而是人的選擇、伴侶之間的約定，以及對自己與另一半的全然誠實。

與X討論過後，我們決定嘗試「開放式關係」。做決定的那晚，我們一一列出規則：「感情狀態對外必須完全開誠布公、性愛必須做好全套安全措施、不和彼此朋友圈內的人上床、無論任何情況都視彼此為優先順序、別把外頭的風流韻事帶回家裡」……。

於是，帶著約法三章和一份信任，我們踏上了這場新鮮而奇妙的旅程。

開放式關係，就像一張床單做的輕柔魔毯，帶著我飛進不同公寓的窗戶裡。在不同材質與顏色的床單上睡著，在日照角度不一的早晨裡醒來；享用著出自不同人之手的早餐，品嘗著各種人生切片的滋味；週二和某人看紀錄片、聽古典樂、辯論時事議題，週日和另一個人看驚悚片、聽爵士樂、帶狗到河邊去散步。在這個過程中，我活力充沛，如魚得水，回家見到男友，再也沒有以前那種被困住的窒息感了。我不再為他打了一整晚的電動而氣急敗壞，不再為了他事業的停滯而感到痛苦，也不再為了他說錯一句話而大發脾氣。擁有全新出路的錯覺，緩和了原本緊繃的關係，這場開放式關係，看似成功拯救了一切。

然而，隨著事情繼續發展下去，我才慢慢驚覺，這一切並沒有想像中簡單。

原本，我以為只要「誠實」就天下無敵，只要「尊重規則」就萬無一失，但當我在腦海裡將X與其他對象區分成「主要」與「次要」、「重要」與「次重要」、「日常」與「非日常」時，其實就是把男友以外的人，全都不當人看。誠實，有時候是一種最高明的操縱術。誠實將一切全部攤在陽光下，告訴對方，這是開放式關係，這是我能給的，這是你能要的，選擇權在你，我不逼也不勸，你要還是不要，下場是好是壞，責任都在自己。這樣的情況，最後往往演變成一方明目張膽地取用，另一方故作堅強地給予，表面上你來我往、各取所需，然而，這樣的關係打從一開始就是不對等的。如果對方不夠愛你倒還好，但要是他愛得要死，再荒謬再傷人的條件他都會全盤接收，畢竟，規則屬於理性安排，愛情卻是不合邏輯的。

而我們身邊，真正擁有智慧的人有多少？磨合過程中製造的傷害，真的都那麼值得嗎？

人有太多的不完美，太多的不由自主、道德搖擺與行事動機，開放式關係敞開了所有限制，卻需要高度自制才能維持穩定，而許多人連一對一關係、甚至是「自己與自己的關係」都弄得一塌糊塗，談起開放式，簡直是一場手忙腳亂的大災難。西蒙波娃在與沙特進行開放式關係數十年後，回頭承認了感情制度中的種種缺陷，忠誠成了一種因時制宜，而誠實不代表不殘酷。在她與沙特做為彼此「必然戀人」的框架之下，散落的是其他「偶然戀人」的落寞與創傷。這段「傳奇戀情」使他們成為了他們，卻也提出了令人不安的問題：「感情中，忠誠與自由是否能和平共存？如果能夠共存，代價又是什麼？」

成功實行開放式關係的伴侶所在多有，可是，我與X的實驗最終卻以失敗收場。而這一切，怪的不是開放式，而是我們自己。

開放式關係開放了探索的新領域，將人們從傳統框架中解放出來，從多樣的可能性之中重新認識自我與世界的關係，思索傷害、自由與愛等人生命題的深刻意義。但，除此之外，它從不保證什麼。我們誤以為開放式關係是一對一的對立面，是一對一出了問題後必然的解方，然而，我們只是逃避了自我及感情中，那些不願面對且難以面對的現實，真正的問題核心，不去處理就永遠不會消失。

一段好的感情，不在於一對一還是開放式，而在於對自己與他人的尊重：不掠奪也不妥協，不踐踏別人也不做賤自己，懂得欣賞自我也學會接納他人，打從心底愛自己，也真心誠意地對待生命中的所有人。

一切回歸到自身狀態，以及腳踏實地的日常相處，至於談的是一對一還是開放式，或許並不如想像中那麼重要，也不需要過分刻意的定義。

3 / DESIRE：雜交派對的壁花

性愛即興樂

有年夏天，我去參加了一場海邊的音樂會。

那晚的演出十分精彩，樂團成員在舞台上大汗淋漓，眾人在舞池中痛快酣暢，表演結束後，表演者與聽眾們都還意猶未盡，大夥於是決定找個地方繼續玩即興。一群人帶著自己或借來的樂器，浩浩蕩蕩前往附近的沙灘，分工合作撿來漂流木，升起熊熊大火，男男女女圍坐一圈，臉上都是躍躍欲試的表情。開始有人領頭，接著另一個聲音加入，再來是第三個、第四個……。

我吹奏長笛，加入了那場即興演出。四下黑暗一片，只有火光在人們沉默的臉上影影綽綽，規律而深沉的海浪聲，一波一波襲來，漸漸與腦海中的波長合而為一。當我意識過來時，所有的感官知覺竟變得異常清晰，鼓聲、歌聲、提琴聲、吉他聲、笛子聲，如性格迥異的人們，在空氣中激切地對話，時而爭執時而妥協，時而和諧時而齟齬，談話內容超越了語言，卻又如此飽含意義。一邊話語聲低了，另一邊就揚起；一邊意圖高談闊論，另一邊就識相轉弱。聲音們彼此互補、互相鋪陳，在完美的進退與互動之間，推出一波又一波愉悅的能量，在那電流循環的場域之中，一股愉悅感在我的下腹深處升起，隨著演奏的消長與遞進慢慢提高、提高，最後達到頂點極限終而轟然爆發散落，第一次，我體驗到了無性的生理高潮。

後來才知道，原來有一種現象叫作「皮膚高潮」（Skin Orgasm），當我們被一幅畫或一首歌感動時，往往會出現起雞皮疙瘩、眼眶泛淚、身體顫抖等生理反應，而對某些人來說，視覺與音樂帶來的震撼與愉悅感是如此強烈，以至於環境刺激持續了一段時間之後，便會出現媲美性高潮般的皮膚高潮，肌膚震顫、不能自己。

自從那次海邊的奇特經驗後，我開始在性愛之中觀察到音樂性。

玩音樂的人是性感的，尤其是那些出神入化的。不得不提齊柏林飛船（Led Zeppelin）一九七一年在Madison Square的現場演出。演唱會一路從感性憂傷的《Rain Song》到詭譎哀鳴的《Dazed and Confused》，再到經典傳唱的《Stairway to Heaven》，隨著樂曲層層推進、夜晚漸漸變深，熾熱的舞台燈光下，幾個樂手們的衣服從乾燥到汗濕，眼神從聚焦到渙散，汗珠從髮間滴落，在裸露的胸膛上閃爍，而吉他自由的嘶鳴、喘氣與嚎叫，鼓點即興的推送、進擊與癲狂，將台下的聽眾包覆進一個情慾的結界，人人如癡如醉，蝕骨銷魂，就連主唱Robert Plant那緊得不能再緊、繃得不能再繃的牛仔褲檔處，也不知什麼時候，竟然也漸漸浮凸出一個堅挺的形狀……。有人一口咬定，追星族（Groupie）的存在不過是無腦男女對名聲對金錢的膚淺追尋，然而，這之中或許有更純粹的什麼，只能由性慾解釋。

而一個善於性愛和一個不善於性愛的人，也擁有截然不同的韻律。善於性愛的人，就像精於即興演奏的音樂家，他習於傾聽與觀察，適時應對進退，懂得借力使力；演奏時，前奏、高潮與餘韻層次分明，節奏時而循序漸進、時而推高爆發；該慢板時慢板，該快板時快板；有的人是狂野的搖滾，有的人是流麗的爵士，有的人則重現了約翰．凱吉的《4分33秒》，表面上是靜止，實際上「音樂」在寂靜中嘁嘁喳喳升起，正如兩副激昂充血的性器緊密結合卻刻意不運動，激發出一種欲求不滿的情色張力。他們懂得同時扮演演奏者與聆聽者，遇上氣味相投的對象就一拍即合，遇上調性不合的對象則即興融合，無與倫比的曼妙體驗於焉產生。

反觀不善性愛的人，多半缺乏體察力與洞察力，也不善於溝通與同理，因為他太忙著照顧自己的需求，又或是掩飾內心的不安。例如某一類自我中心的表演者，即興時，他不管當下氣氛如何、也不在乎其他樂手的感受，當眾人正沉浸在輕快的放克時，他卻走上來電吉他音響一插，音量調到最大，自顧自地重重刷起重金屬來，只顧著自己開心，看不見他人的面面相覷。

無論是在床上還是即興音樂會上，都暗自祈禱別遇上這樣的人。

性愛與音樂都是一門藝術，好的藝術家不落俗套，也不盲目求異，他們用手指、用畫筆、用音符或其他的什麼，熟練地刺激著我們身上有形無形的敏感部位，使我們在曼妙無比的酥麻之中，一次次地死去又活來。

而即興音樂好玩就好玩在，它永遠有讓人耳目一新的驚喜成分，你不知道下一秒會遇見什麼，也不知道那將會在你內心激起什麼樣的火花，每一次與不同的樂手交會，也總會從對方身上學到新的東西。性與音樂一樣，使人迷醉，令人上癮。當性愛成了一種即興音樂，它的意義就不再只是傳宗接代與肉體歡娛，而是一種自娛娛人、超越意識的精神遊戲。

3 / DESIRE：雜交派對的壁花

二十三歲的他，四十三歲的他

二十三歲的他，在潮濕的台北盆地裡，租了一間頂加公寓。家門前的大露台上，立著兩個轟轟運轉的大水塔，中間有一條狹窄的縫隙，每次回家，都得從那裡鑽過去。他的家具不成套，是一代又一代的房客遺留下來的，這些藤椅、木桌、老燈具，承受著被原主人遺棄的屈辱，在他的老公寓裡靜默地呼吸吐息，它們是舊的、拼湊的、用過即丟的，它們不屬於充滿希望的新生活，只配被留在晦暗不明的過去。很多夜晚，他凝視這些與他同病相憐的物件，進行著沒有語言的對話，然後想起正遠在歐洲的V。

他們交往的第五年，她突然宣布自己要去西班牙深造，他支持她的決定，承諾自己會努力工作存錢，跟上她的腳步前往歐洲，到時候，兩人就可以一起踏上夢想已久的環歐之旅。她說會在那邊等他，然後就收拾行李，登上了離開的班機。

他的家裡沒什麼特別值錢的東西，前幾年隔壁幾棟發生火災，一棟連著一棟燒過來，還好火勢在燒到他家之前止住了。在那之後，他常常想，要是又有突發災難，他該帶些什麼東西逃走？思來想去，想不出什麼要緊的，「就錢包、手機、鑰匙吧。」他在黑暗中抽著菸，做了決定。

—

四十三歲的他，獨居，住在樓下有管理員的高級電梯大樓，家裡每週有清潔婦來打掃，木頭地板光可鑑人，陽台盆栽日日如新。客廳有一大片落地窗，台北101就在窗框的正中央，每年的最後一天，他都在這裡看煙火綻放。

屋裡井然有序，所有物品都經過他的精挑細選，收納擺設極簡俐落，一件不多一件不少，就像他的個性，永遠只說最簡單、最重要的話，多餘的閒談與過剩的情感，一律剪除。他的前妻卻是個完全不一樣的人，她有十隻顏色在他看來一模一樣的口紅，滿箱滿櫃的私人信件、照相簿與紀念品，她常常半夜心血來潮聊起感性的話題，她常常笑，常常哭，也常常鬧脾氣，而他常常感到力不從心。

他事業有成，小有名氣，某年的大學同學會，他在那些中年失意的老同學眼中，見到了交雜著嫉妒、悲傷與敵對的情緒。他活在他們的夢想裡，但每天晚上當他翻過身看見熟睡的妻子，心底卻升起一股無可名狀的恐慌，那恐懼和窗外的黑夜，黑夜外的漆黑宇宙，宇宙外超越想像邊界的無盡黑暗遙遙呼應。一瞬間，他覺得自己極度渺小，起了一身冷汗。他太早就得到別人夢寐以求的一切，太早就抵達了遊戲終點，這讓他非常不安。

和妻子離婚時，說法是個性不合，但他心底知道，真正的理由是為了向自己證明些什麼。

——

二十三歲的他，做愛少量多餐，體內有股巨大能量隱隱躁動，像地震一樣，必須透過不斷釋放來維持內在的穩定。

他沉溺於「不正確」的性交活動，在與V相識前，他常常和那些其實沒那麼喜歡的、關係不怎麼恰當的女人上床。他曾在一家高級餐館打工，那時有個四十幾歲的女人經常光顧。後來，他才知道她的頻繁上門其實是為了接近他。這個女人，長得並不漂亮，保養得卻非常滋潤，世故中帶著老練的活力，兩人出門時她總是包辦所有花費，偶爾也帶著他出席她的姐妹聚會，他在同桌的女人眼裡見到一些狐疑、一些訕笑，還有一些妒忌。

他發現，每當他們在她與她丈夫的床上做愛時，她就會特別興奮，這或許與牆壁上她丈夫的那張照片有關。每次在肉體的激烈衝撞中抬起頭來，總覺得照片裡的男人，正以全能的猥褻視角窺看眼前的媾和，奇異的罪惡感卻催動他的抽動更加賣力。

他和她是很像的，他們屏棄道德無瑕的劇本，追求不完美與不正確，恰到好處的齷齪和背德，才是歷久不衰的興奮劑。

這樣的想法，卻在他遇見V以後悄悄消散。很多時候他看著她，內心就湧上難以遏止的暖意，他暗自激動地想著，原來完美的愛會使所有衡量現世的標準全部失效，沒有所謂褻不猥褻，獵不獵奇，眼前的這個人，就包含了醜陋與美麗的全部意義。

四十三歲的他，騎單車、爬山、攀岩，喜歡在鏡子裡欣賞自己穿緊身運動衣的模

樣，每回上臉書，看到前妻的現任丈夫日益稀疏的頭髮與日漸腫大的啤酒肚，心底總泛起一股優越感。

有時候他很驚訝，自己依舊受小他二十幾歲的女人們歡迎。那些女人，即便不愛運動，依然有青春支撐著皮肉，肌膚絲滑柔嫩，體內飽含蜜汁，在床上每一次抽插，好像都會溢出更多汁水來，他想起婚姻最後那三年，趨近於零的乾枯性生活，對照眼前的春光無限，便感動地體會到什麼叫「第二春」。而他不只要第二春，他還要第三、第四、第五……直到完全耗盡生命為止。他花錢請女人吃飯，也悉心照顧她們的物質需求，但除此之外，他對女人別無所求，也不要女人跟他索討什麼。

這幾年，他遇上幾個年輕女子，卻讓他有點不太習慣，她們有的提議與他五五分帳，有的騎在他身上自行抵達高潮，還有一個曾經買花給他。他安靜聽她們談論女性主義，卻在她們的論述與言行中見到種種矛盾，後來他自己想通了，人不完美，不代表支持的理想本身是錯，但他不去挑明，也從不爭辯，只是聽著她們侃侃而談，說完後，想要的都還是要到了。

二十三歲的他，辛苦了幾年後，終於存夠了錢，向公司請了長假，買了張機票飛去巴賽隆納與她見面。

好久不見，重逢時刻卻不如他想像中浪漫。她在大廳裡見到了風塵僕僕的他，迎了上去，只在他臉頰上輕輕吻了一下。第一天晚上他們沒有做愛，第二天也沒有，第三天也沒有，第四天，他終於鼓起勇氣問她怎麼了，她愁眉苦臉，告訴他自己有了新對象，而且去年已經和那個人環歐過了。他心高氣傲，把哀傷藏得很好，那晚兩人一個睡床一個睡沙發，隔天早餐之前，他就收拾行李走了。

他獨自踏上環歐之旅，在里斯本的酒吧認識了一個失意的義大利人，兩個人後來喝得酩酊大醉，義大利人口齒不清地抱怨著母國的情勢多糟，政府多腐敗，像他一樣的年輕人有夢無處發揮，怎麼努力都沒有未來。

他想起了台灣的炒房與低薪，想起階級與競爭，想起自己平庸卑微的出身。這個鼓吹樂觀的世界，總是鼓勵人努力追夢，卻不承認有時候努力本身也是一種特權，而有些夢無論追得多努力，終將是水中撈月。突然他想起了巴賽隆納的她，想起了那些曾經飛得很高，如今跌得粉碎的想像。他的頭又悶又重，胸口隱隱發疼，眼睛盯著海港微光，暗自希望自己總有一天事業有成，口袋裡有錢，住在有電梯的高樓大廈，身邊有一個真正愛自己的人。

四十三歲的他，自離婚後便風流韻事不斷，然而，他卻認為人生中最美好的愛情，留在二十多歲的夏天。

那一年，他和一個朋友K到澳洲打工旅遊，存夠了錢，就買了台破舊的二手車，準備了幾箱啤酒和一袋大麻，踏上夢想已久的橫跨東西公路之旅。車子在杳無人煙的公路上拋錨了。豔陽熾熱，老車沒有冷氣，他們身上沒有手機，空曠的路上一台車都沒有，兩人汗流浹背，只能喝啤酒抽大麻菸殺時間。

一個多小時後，一台卡車在他們旁邊停了下來，車上走下一男一女，是對兄妹。四人聊了一會，對彼此頗有好感，哥哥於是提議載他們其中一人到下一個城鎮找修車師傅。他和K猜拳，輸了，於是他留下來看顧車子，沒想到，那位妹妹竟主動表示要留下來陪他。

野生愛情在空曠的公路邊醞釀，他們親吻對方，在車子後座做愛，幾個小時後，K和哥哥回來了，並帶來了一名技師。車修好後，妹妹跳上哥哥的車，眨眨眼，走了。他們互相留了地址，但後來他寄過去的幾封信，全都石沉大海。

四十三歲的他，站在落地窗前恍惚想起往事，覺得那年夏天的記憶像壯麗的海市蜃樓，燦爛得足以照亮宇宙最黑的黑洞，在那之後，再也沒有任何愛情能夠相比了。突然間，他好懷念年輕，懷念沒有太多責任，衝動大於理性，前途未知卻充滿希望，天塌下來也有自信不死的時候。

高學歷陪酒小姐

S是一個女性主義者，一個高知識分子，也是一名陪酒小姐與伴遊。她的房間書櫃上，有上野千鶴子，有《使女的故事》和《房思琪的初戀樂園》，有普拉絲、沃爾芙和西蒙波娃；擠在書櫃邊緣的，是她大學最後一個學期的報告，內容是《蘿莉塔》小說情結和台灣社會之間的觀察探討，教授給的分數低空飛過及格邊緣；她的衣櫃分兩區，一區整齊堆放著她平時穿的便服，另一區則掛著一件件性感華美的洋裝，有荷葉邊的、絲綢的、蕾絲的，唯一沒有的是褲裝，因為客戶和經紀公司都不愛她穿褲子，原因是不夠有女人味。

讀大學時，我在一場朋友聚會上認識了S，那時的她外表十分樸素，兩邊畫得不勻稱的眉毛、質料粗糙的網拍洋裝，還有噴灑過度的香水，都透出一股不諳世事、幼稚青澀的味道。在熱鬧的人群之中，S顯得十分寡言安靜，我坐在她旁邊，自然與她搭起話來，沒想到這一聊，才發現原來我們有許多共同興趣，就這樣，成為了朋友。

那時的我們都還是大學生，打工賺來的錢也不過負擔一般日常消費，但S身邊卻時不時出現各式各樣的昂貴精品，例如搶手的C牌香水、H牌的最新唇膏，有天她還揹起一只稀有的B牌包包。一開始，我以為S大概是家境不錯，沒想到後來她才告訴我，這些東西都是她姊姊不要了給她的。

「妳姊為什麼不要這些好東西？」我好奇地問。

「她東西太多了，這都是她男友送的。」S說。

追問下去才知道，S姊大學畢業後，在旅行社上了幾年的班，後來認識了這個大她十五歲的已婚男人，不過多久便辭了工作，專職當貴婦。兩人初識時，S姊二十五歲，男人四十歲，愛情長跑了將近十年，S姐從青澀的青春來到熟成的年紀，而男人的髮鬢最近則開始花白。

男人對S姊百般照顧，每個月大方給零用錢，出國工作也不忘帶上她吃喝玩樂，還時不時奉送大大小小的禮物，只是偶爾有些獨裁，例如嚴格控管著S姊的衣著穿搭、交友情況，前幾年甚至主動出資，要求S姊去做隆乳手術。

不過S姊不以為意。她時常請家人朋友上高級餐館、喝下午茶，也常把男人送她的禮物轉送給S或媽媽，她的感情狀況父母大致知情，但從未嚴厲譴責，只是有段時間S媽曾委婉探問是否有「修成正果」的可能，結果被S姊一頓冷嘲熱諷地罵到從此不再囉唆。

S轉述，姊姊當時是這麼說的：「一樣都是跟男人，我不做家事，沒有婆媳問題，他還那麼照顧我，不像其他女人整天做牛做馬，看人臉色當黃臉婆，老公還一個個那麼窮那麼摳！我拿回家的錢不會少，過得也很快樂，你拘泥結不結婚做什麼？」

S大學畢業後，花了幾個月找工作，但一個月三萬、四萬的薪水她看不上，受到姊姊的影響，最後她決定也要去走那條「投資報酬率」高的路。

透過朋友介紹，S在美國洛杉磯一家酒店找到陪酒工作，打算飛過去做幾個月，賺飽一年的錢再飛回台灣享福，同時也物色適合的「糖爹」人選。

出發前，我問她是否確定要這麼做，S篤定地點點頭。她說，憑她的大學學歷和英語能力，在美國工作不成問題，再加上她對性別議題頗感興趣，這樣的工作其實也是一種田野調查，或許未來還可以寫本書，幫助這行去污名化。同時，身為一名女性主義者，去賺賺那些蠢男人的錢、踩踩他們自以為是的自尊、成為社會金字塔頂端的一分子，豈不也是人生一大樂事？

S到美國後，常常打電話跟我分享工作狀況。洛杉磯酒店的顧客多半是亞洲人，一個個沙豬的跟什麼似的，「他們發現我英文那麼好，而且還有大學文憑後，反而都對我畢恭畢敬了起來。怎樣，做酒店的女人不能高學歷啊？」S哼哼冷笑。

雖然工作上各種鳥事，但S口袋裡的錢越來越多，臉上的妝越來越精緻，身上的衣服也越來越昂貴。社群媒體上，打卡的總是度假勝地、精品旅館、高級餐廳、Rooftop Bar。不久後，S開始迷上微整形，還去了同事介紹的地方做了自體脂肪豐胸、抽脂瘦身和全身雷射除毛，剛認識時的青澀模樣，一點一滴地消失了。S也變得比以前更自信、健談，只是這活潑外向裡卻帶著憤世嫉俗和驕傲自負，還有一股難以言喻的酸澀，不知是來自工作的辛苦，還是內在的衝突。

後來，除了酒店陪酒外，S經同事介紹，也開始「獨立接案」。視訊中，她像聊著別人的八卦一樣，和我訴說工作上的種種怪事。一個戀足癖男人，每次都要求S在兩條腿上塗滿奶油與果醬，讓他從腳趾一路舔上私處，從大腿外側舔到小腿內側，不吃乾抹淨絕不罷休；另一個男人，總是對S的乳房又是吸吮又是咬嚙又是擰捏，口中還如精神錯亂般不斷喊著「媽媽，媽媽！」，好幾次弄到S的乳頭都流血瘀青，她卻因為男人給錢大方，於是能忍則忍；還有一位四、五十歲的男人，在一家軟體公司當主管，沉默寡言但給錢乾脆，S說每次和他做愛，總是使她不由自主想起自己的爸爸。

「你不會覺得有點噁心嗎？」我問。

「不會啊。工作是工作，私人是私人。」S堅定淡漠地說，「其實心胸開放一點，這些事情都只是人世間的不同面向而已，說到底沒有絕對的好或壞。」

後來，S如願以償，和姊姊一樣找到了一位願意包養她的男人。這男人答應資助S回台灣買房，S便趁著秋高氣爽的十月，興高采烈地飛回來物色房地產。

一個週末，我們一起去墾丁度假，凌晨四點，我被S的手機鈴聲吵醒。是那男人打來的。S睡眼惺忪，好聲好氣地和男人聊著天，男人卻突然要求S開視訊讓他看看她人在哪、和誰在一起。我連忙向S搖搖頭，S卻摀住電話跟我說，「妳就讓他看一下，不然他等一下一定會生氣。」我們在墾丁的四天，那男人每晚都打視訊來，S每通電話都乖乖接起，聊到男人放心滿意了才能回去睡覺。

「妳到現在工作幾年了？存多少錢？」有一次S問我。「妳覺得妳這輩子有可能買房子嗎？」

「這是我自己的事情，妳不用擔心吧？」沉默一會，我冷冷地說。

「我當然要為妳擔心啊！妳這樣每天工作，聽別人使喚，做了一輩子，可能一間房子都買不起，難道不會覺得這樣下去不行嗎？」S理直氣壯地說，絲毫沒察覺到言語間的尖銳與攻擊性。

「妳還不是整天聽男人使喚？」我回嘴，沒想到S聽了馬上爆炸。「我？我聽男人使喚？是他們聽我使喚才對！他們捧著錢來給我！」她繼續氣呼呼地連珠帶砲，「你們根本沒有比較高尚，我們只是比你們更直接、更誠實而已，你寫那些討好大眾口味的文章，跟我討好男人有什麼差別？不偷不搶，不都是在賺錢？」

聽著S一連串的激烈發言，我不發一語。這時候，爭辯誰對誰錯一點都不重要。

S現在需要的，並不是他人的意見或是事情的真相，而是一種自圓其說的自我證明。

那次談話不歡而散，不久後，S又離開了。

我們之間的聯繫變得斷斷續續，她一下在這個城市，一下在那個城市，行蹤飄忽不定，難以捉摸。

許久後的某一天，S告訴我她回來了。我們約在一家以前常去的咖啡廳，店家似乎換過老闆，看上去一切如舊，但音樂不對，咖啡不對，空氣中還泛著一股霉味，既熟悉又陌生的感覺令我焦躁不安。S出現了，許久不見，似乎去打了肉毒或玻尿酸，臉又繃又腫，像是戴上了一個透明的塑膠面具。

點了咖啡，有一搭沒一搭地閒聊，聊起了S姊，S語帶保留地說：「她現在住家裡。」

「為什麼她要搬回家？」原本S姊住在男人替她租的公寓。

「她發現那男的還有一個小四，翻臉之後，男人就說要跟她分手。」S說。「我姊還在找工作，現在就先暫住我爸媽那裡。」

我又問了S自己的現況，問她後來房子買了沒？還和那個男人在一起嗎？S苦笑：「早就分啦！他不是我要的人。」S沒有說太多細節，話鋒一轉，突然問我有沒有三萬塊借她。

我到轉角的7-11領了三萬元給她，這錢拿不拿得回來不重要，借出去只因為念舊這麼多年的相識。

拿到錢後，時間還早，S卻叫了計程車，說要走了。

「妳等下要做什麼？」我問。

「有個男的要請我吃飯。」S說。

車來了，S匆匆說了再見，關上車門，留下一團香豔刺鼻的香水味，走了。

我看著她的車在街上遠去，最終沒入台北下班的車潮中，燦爛夕陽照耀下，那一大片都市廢氣、轟隆噪音和行人陰鬱的臉，竟都怪異地浪漫起來。再聞，那香水味已經消散了。

雜交派對的壁花

車子在靠海的公路上行駛，我們在前往一場群交派對的路上。

一路上椰影搖曳，暖風徐徐，六月的南洋，空氣聞起來有海的鹹味和花的清香，燦爛陽光照進車窗，後座的高跟鞋和海上的浪花一樣閃閃發亮。

坐在駕駛座上的L是相識多年的老朋友，我們之間一直存在著玩笑性質的曖昧，但更大的成分是臭味相投的吸引。身為商人的他，做生意的這些年來交手過各式各樣的人物，更因此探看到許多光怪陸離的人間場景。不久前，L認識了一位定期舉辦私宅派對的男人，我一聽，好奇心大起，問他有機會可不可以帶我去見識見識，而這次到此地出差，剛剛巧巧碰上了一場。

派對前一兩週，主辦方安排了一場餐會，讓參加者先暖身認識，同時過濾掉不適合的人選。那場餐會上，我認識了三個背景各異的女人，第一個是年近四十的雪拉，和我一樣是第一次參加，她其實根本不想來，但為了挽救岌岌可危的婚姻，於是勉強接受了丈夫的提議，期許能在一灘死水的婚姻裡攪起一點漣漪；另一個是年輕女子羅姍，一整個晚上，她不斷地從吧台端來一整盤的Shot，慫恿所有人一起仰頭灌下，整個人亢奮如跳跳糖般，一下黏上這群人，一下黏上那群人，大呼小叫、吵嚷喧鬧，見到男友在一旁若有所思地微笑看著她，羅姍就更起勁，拉著一個害羞的金髮女孩到男友面前，說：「Baby，你看她是不是很漂亮？」；還有一個美麗女子娃妲，魅力四射，自信滿滿，一頭烏黑長髮垂到腰際，冶豔的香水味獨霸空氣，她如魚得水地周遊在男男女女之間，對一切的潛規則明道理瞭若指掌，主辦私底下跟我說她萬年單身，要追到她可不容易。

那場餐會後一個禮拜，我們依約前往一座靠海的宅邸。

那是一棟很美的房子，木造的建築，開放式的空間，熱帶極簡風格擺設，坐在客廳的沙發上能看見戶外泳池，再往外就是大海，吊扇在頭頂轉著，涼風習習，冷卻了一身的燥熱黏膩。依規定，一到這裡，男人就得換上泳褲，女人則得換上比基尼並穿上高跟鞋，而鞋跟規定必須要在五公分以上，為了這活動，我昨晚還特地去買了一雙新鞋。

現場都是餐會時見過的面孔，人們很快熱絡起來，侍者端上冷飲，食物鋪排上桌，有的人一派輕鬆地聊天，有的人眼露秋波、四處放電，也有的緊張兮兮地坐在沙發上喝飲料。娃妲告訴我，一般來說，這裡旁觀或打情罵俏的人，往往比真槍實彈上場的人多，許多人不過是來放鬆聊天，或是來湊個熱鬧滿足好奇心，「妳不想做的事就不要做，也別讓別人強迫妳做，不要覺得不好意思。」她向我眨眨眼，然後又翩翩飛走了。

夜漸漸深了，電子音樂的節拍變得深邃，氣氛進化到新的境界，人的話語和動作都顯得溫柔而朦朧起來。我端著酒和L像劉姥姥逛大觀園般四處走動，看見娃妲徜徉在泳池裡，一頭黑髮濕濕地貼在背上，她的大胸部明顯是整的，卻美得魅惑人心，吸引了三個男人圍繞著，每雙眼睛裡都充滿了深沉的慾望；雪拉一個人坐在沙發角落，看起來很不自在，她的丈夫正和一名皮膚曬得黝黑發亮的女人相談甚歡，完全沒朝雪拉這裡看一眼；羅姍又醉了，她從酒保那裡拿來一大瓶威士忌，逢人就灌，灌完後發出吵鬧的歡呼聲，吸引了眾人的目光，她跑去拉上次那個金髮女子，湊上去就是一陣濕熱的舌吻，引得一群男女圍觀叫好。

突然間，我想起了作家諾拉・艾芙倫（Nora Ephron）所寫的《Wallflower at the Orgy》，此時此刻，我覺得自己完完全全就是一朵雜交派對的壁花，眼前的情勢詭譎莫測，似乎正要迎向今晚的高潮，而我不知道自己將經歷什麼。

空間的溫度陡然升高了，海風帶來鹹鹹的氣味，與充斥室內的化學激素溫柔纏繞，蠟燭安靜地燃燒，蠟一滴滴融化滴落，如男女的身軀般柔軟溫熱，化成稠密絲滑的糖漿，透過濕熱的親吻與手指的溫度，揉進彼此的五臟六腑。

昏暗燈光下，有的人還在喝酒聊天，有的人卻開始纏綿起來。大宅裡有很多房間，門半開半掩，只要經過就能看見裡頭以各種姿勢交合的人體，兩個人、三個人或四個人。娃妲在其中一個房間，像尊女神般，被兩個神情虔誠的男人圍繞在中心；雪拉還是坐在大廳的沙發上，此時她正與一名戴眼鏡的男子說話，那男人的手放在她的大腿上，她沒有把他的手撥開。而雪拉的丈夫此時自己一人站在房間的另一端，似乎沒有人願意與他更進一步，他喝著酒，眼神時不時往雪拉這邊飄，表情壓抑著難堪與不悅，整個人顯得鬱鬱寡歡。不久後，他決定大步走向雪拉，一屁股在他們身邊坐下，手臂順勢放到了雪拉後頭的沙發背上，像是在宣示主權；我很好奇羅姍如何了，走來走去，終於在一個房間裡找到她。羅姍醉倒了，歪歪斜斜躺在一株室內植物下面，而旁邊沙發上，金髮女子正與她的男友熱烈交纏。羅姍手裡還握著那瓶半空的威士忌，酡紅的臉上，藏不住一絲絲的怨恨與焦慮，她繼續喝著酒，故作瘋癲地大呼小叫，但沒有人理會她，她一度伸出手來想將身旁的兩人撥開，男友卻把手放到她頭上摩挲著稍作安撫，但不一會又將注意力轉回金髮女子身上。羅姍一直坐在他們兩人身邊，就著瓶口喝酒，只是聲音越來越小，氣焰越來越弱，直到最後，她只是悶不吭聲地喝酒。那畫面令人心碎。

大宅內慾望橫流，大海卻依舊平靜。

這裡沒有時鐘，動作成為時光流逝的唯一證明，我們走出時間的刻度，進入日常之外的真空地帶，滿足窺視與被窺視的潮濕慾望，任由自己在愛慾的風浪中滅頂，恍惚之間出現了免責幻覺，好像曾經困擾著我們的種種人生難題，那些不自信、不滿足、不信任、不平衡，到了這裡便能獲得解藥，以及重新洗牌再出發的能力。

我覺得累了，向L使了使眼色，兩人便收拾了東西，離開了滿屋無解的問題。

後來，我常常想起那些人。不知道雪拉和丈夫找到感情不睦的真正原因了嗎？羅姍還是一樣自欺欺人嗎？而娃妲，想必現在不知道在哪裡盡情狂歡著吧？

清晨六點在陽台抽菸的男人

週四清晨，頭痛欲裂地醒來，房內光線濛曖不明，艱難地翻過身，聞到一陣刺鼻的菸味，時鐘顯示是早上六點，而他已經在陽台上抽今天的第一根菸。

一夜歡愛，全身上下的肌肉都在痠疼著，趁他還沒發現我醒來，我躡手躡腳進入浴室，輕輕關上門，第一件事情，不是上廁所，不是刷牙洗臉，而是檢查妝有沒有花。

在他家過夜，我是不卸妝的，說來神奇，平常總是輾轉反側、睡姿凌亂的我，到了他這裡，竟然能整夜僵直著一動不動，就像被隱形束縛衣包裹著，就怕一翻身糊了妝，讓他看見我原本的樣子。

洗漱補妝後，我推開陽台的門，冬天的冷空氣迎面貼上，他對我露出微笑，我坐到他身旁，迎著刺骨冷風點了一根他的菸，尼古丁與焦油燃燒，深深竄入我的肺，再徐徐吐出來，模糊了城市疲勞而灰濛的天際線。有一搭沒一搭的閒聊間，我靜靜觀察著他，觀察著他小心拿捏的禮貌與距離。恍惚中，昨夜他因慾望燃燒而猙獰扭曲的面孔疊了上來，兩者卻不相容，他好像忘了自己是誰，或想要拒絕自己是誰，好像只要這樣，昨夜就能只是一場心照不宣的夢。

將近七點，陽光驅散了夜晚的遺世真空，我們從赤裸的原始獸變回以禮相待的文明人，整整衣裝，準備各自回到人聲喧嘩的日常軌道。我將疲憊的肉體擠進前一晚的緊身洋裝，穿上那雙磨腳的高跟鞋，走路時，磨破的腳後跟又開始隱隱作痛，紅紅的皮肉暴露在冰冷的空氣中，隨著腳步，一下又一下被堅硬的皮革邊緣蹂躪著，每走一步痛感就增加一級，直到過了一個臨界點，再轉為不祥的麻木。

總是這樣的。一整個晚熟又彆扭的青春，都在隱隱發疼的不適感中度過。改變自己原本的形狀，嵌入一個又一個形狀不符的框架裡，隨著生活的擠壓、摩擦與推進，低調地血肉模糊，安靜地受傷流血，自欺欺人地忽視了好多明擺在眼前的事實：我其實討厭煙味，也痛恨早起，更別說一大早濃妝艷抹、穿著高跟鞋緊身洋裝走在路上，是多麼荒謬的一個場景。

不是第一次了。有時候他打來，已經是半夜十一點，但無論多晚，我總是猶豫一會後便從床上爬起來，坐到鏡前畫上全妝，穿戴整齊，噴上香水，搭上計程車，把自己外送到他的公寓門口。而前來開門的他，頭髮凌亂，穿著皺皺的睡衣，身上透著股發酵一天的酸臭汗味，懶懶地邀我進入。

親密時，擔心他感覺不夠好，便答應他可以不用保險套，每個月自費五百元買事前避孕藥；我們聽他喜歡的音樂，看他喜歡的節目，吃他喜歡的宵夜，他從不問我意見，而我剛好也對一切毫無意見；平時他對我不聞不問，只有在心血來潮時主動聯繫，而我卻將那樣的主動視為對上一次服務的肯定。

我隱約察覺自己對他百般退讓，唯一的原因是我愛上了他，但我知道他對我無情，所以我也裝得毫不在乎，就怕攤牌後，連這些夜晚都會失去。張愛玲說，愛到低到塵埃裡，或許就是這個感覺。

等我真正意識到我們關係中種種明顯而難堪的不對等，已經是很久以後了。

對自己不確定時，總是在錯的地方，活得太用力。

過去，我從來不在情人面前卸妝，洗澡後會補妝，睡醒後也會補妝，甚至去海邊游泳浮潛、到野外健行露營，都小心翼翼地維護著妝容，簡直是防水與持久化妝品的權威代言人。以前的我，也善於將內心真正的感情拐彎抹角地藏，藏到沒人找得到因此也無從傷害的地方，自己卻在迂迴中迷路，錯把嫉妒當作腸胃不適，把焦慮歸因於咖啡因攝取過度，並將愛情的發生視為一時軟弱。

然而，即便保護牆又高又厚，內在依舊脆弱敏感，總是將外在的一切視為內在的影射，將自己關入一個封閉循環的評分系統，容易受傷也經常自滿，急切地渴求用任何方式，直接或間接，向別人證明自己的好，而如此渴切，只因自己停止不了懷疑。

然而最後剩下的，只有腳後跟一陣冰一陣火的刺痛，不忍猝睹的隔夜殘妝，以及不安於室卻無處安放的青春。

那些難堪、失敗、不安、痛苦，曾經使我夜晚輾轉難眠，然而，後來卻漸漸明瞭，這一切或許是成長必經的生長痛，有時候唯有受傷過、幻滅過，才有機會離真實更靠近一點。不只是世事的真實，更是自我的真實。

劫後餘生，餘下的生，往往比過去更為堅強。

總有一天，我們將堅強得足夠自在，使我們不願再為任何人穿上磨腳的鞋、不再為了一個臨時邀約打亂原本的節奏、不再為了進入誰的世界假裝抽菸假裝其他，也不再害怕真正的自己會讓任何人失望。

那個習慣清晨六點在陽台抽菸的男人離開了幾年，有一天，突然又無聲無息地出現了。

我們約在一家酒吧的游泳池畔見面，他點了咖啡，我點了冰茶。多年不見，當年的愛情早已沖淡成了友情，時光無語，盡釋前嫌。他的外表並沒有太大改變，夏天的陽光透過池水，在他身上波光粼粼，清涼柔軟，恍惚如夢。我們聊了分開後發生的人生大事，我才知道，原來這幾年他從小職員當上大主管，搬過幾個城市，曾經論及婚嫁，最終又恢復單身，這次回台北，是為了參加一個老朋友的婚禮。

他從口袋裡掏出菸盒，低下頭點菸。

「晚上要來我房間嗎？」突然，他的聲音從一片刺鼻菸霧中穿過來。

「不了。」聽見這熟悉的問句，我忍不住笑了起來。

他遞給我一根菸，我搖搖頭拒絕，他驚訝地問：「妳什麼時候戒菸的？」

我沒有解釋太多，因為解釋自己，一點都不重要。

我的裸奔，不用你的同意

台北剛下過雨，濕濕涼涼的，藝文展場的空氣裡隱約有股霉味。展演結束後，一名文質彬彬的男子朝我走來，態度親切地自我介紹，問我對剛才的演出有什麼想法。聊著聊著，突然他話鋒一轉，說：「妳看起來滿能接受新事物的，不知道妳對天體營有沒有興趣？」

「原來台灣也有天體營？」我好奇地問。

「有啊，很多人參加，像歐洲人一樣，去海邊都上空，他們思想開放，不像我們華人這麼緊繃保守。」他說。

「你們都去哪參加天體營？天體營在台灣合法嗎？」我問。

他掏出口袋裡的手機。「我們通常就租個場地，都自己人。」男子一邊說，一邊打開他的天體營聊天群組，沒想到畫面滑沒幾下，就出現好幾張女人撫弄下體、捧胸弄乳的照片。他不發一語快速滑過。

「總之，就是這樣。」他把手機放回口袋。直覺告訴我，眼前這個笑咪咪的男人並非善類，我假裝若無其事地問：「你們為什麼要參加天體營？你們能從中得到什麼？」

「為了得到身心靈的解放啊！」他眼睛閃閃發光。「妳不覺得，光著身體在陽光之下，那感覺多自由嗎？」

裸體奔放的自由，過去我曾體會過。

幾年前，有段時間我工作不順、感情不順，整個人五內鬱結、烏煙瘴氣，每天都在行屍走肉。

一個朋友說，遇到瓶頸的時候就要去空曠的地方，讓天高地闊的環境撐開糾結的心房。於是，我們約好週末一起到海邊露營。

傍晚時分，海邊的人潮漸漸散去，我們在空曠的沙灘上立起帳篷，撿柴生火，邊吃晚餐邊聊天，一下子就半夜了。這時的海灘空無一人，只剩下安靜的浪潮聲，突然她站起來，說：「走，我們去裸泳！」

我們脫光了衣服，像兩個孩子般，蹦蹦跳跳踩過沙灘，躍入海中。游過岸邊不穩定的浪區，來到後方寧靜無波的水域。黑暗微涼的海水溫柔包覆每吋肌膚，腳下細白的沙床踩起來如棉花般柔軟，月光灑落，海浪拍擊在礁石上，拋飛出珍珠水銀般的滾邊，在幽微月光下，如一簇簇透明無聲的煙火。

我閉上眼睛，聽著海浪低沉的回音，直到身體與海水的界線慢慢消融，直到一股清晰的力量穿透淤塞雜亂的思緒，突然我深深相信，在如此無垠而神奇的山海星河前，那些煩擾著我的人事物，是如此微不足道。我吐了一氣，長久一來第一次，感到全身雜質徹底淨空。

那次經驗過後，一有機會，我就在家裡一絲不掛晃來晃去，在荒山野嶺無人海灘看書、裸泳或打盹。然而，我從來不覺得需要別人的陪伴，甚至認為，要是勞師動眾找一群人去做這件事，就是將自己放入觀看與被觀看的束縛中，嚴重破壞了自由自在的解放感。

神遊之間，那個邀請我參加天體營的男子，還在滔滔不絕地說著話，並反問我：「妳難道不覺得被這個社會束縛了嗎？不覺得上班的生活很緊繃、不自由？不渴望回歸人類原始的本能嗎？不想和志同道合的人一起探索心靈宇宙的奧祕嗎？」

我深吸了口氣：「你說的解放是什麼定義？解放完不是一樣要回到受束縛的生活嗎？那這樣的話你所謂的解放，真的有回應到我們身心靈真正的問題嗎？」

語畢，他愣了一下，然後尷尬地笑說：「喔～妳的想法好特別！妳是什麼星座的啊？」

這個男人，讓我想起童年一件黑暗往事。

小時候，爸媽常去拜訪陽明山上的一座宅邸，偶爾也會帶著我去，那裡晚上樹影幢幢，鬼氣森森，而我們去見的男人，更散發著一股說不出的怪異。那是一個臉上有顆痣，痣上長著長長的毛，小指頭的指甲留得又尖又長的中年男人。

他總是坐在一張氣派的木頭椅上，身邊圍著一圈善男信女，各個都畢恭畢敬地奉獻禮物，一口一聲叫著「老師」，氣氛就像在覲見皇帝一樣，而我的父母也在其中。男人們聚在一起，聊些似是而非的人生哲學，妻子們聚在廚房，閒聊瑣碎的八卦是非，而我則和其他孩子們玩在一塊。

記得其中有一個姊姊，和我感情特別好，還教我摺紙星星。陽明山上的聚會持續了好久，後來有一天，爸媽突然中止了拜訪。長大後問了才知道，原來當初發生了一些糾紛，使爸媽大夢初醒，發現那「老師」屬邪魔歪道、招搖撞騙之流，甚至與黑幫牽扯不清，於是決定臨崖勒馬，劃清關係，從此不相往來。

幾年後，一樁悲劇從那個圈子傳了出來。那位「老師」的長子，在一次團體出遊的時候，半夜強暴了那個教我摺紙星星的姊姊。我氣憤地問，「為什麼她的爸媽不報警？」

原來，姊姊的爸爸長年受到洗腦，投入了大量時間金錢，更懾服於「老師」的淫威，一廂情願相信「老師」無論做什麼事都是好意，幾乎像著了魔般，被動獻祭了自己的女兒。而那位姊姊的媽媽，因為無法忍受丈夫的荒唐，再加上長年怨氣集結，一天便拋家棄子離家出走了。一個好好的家，自此四分五裂。

人生有太多的未知風險與超出控制，使我們的內心深處充滿驚惶疑懼，於是我們渴望認同、尋求背書，好像只要跟著大部分人往同樣的方向走，至少不會錯的太多。然而，少了批判思考的追隨，就成了盲從，矇著眼，你可以被領向天堂，也可能被帶往地獄。

天體營本身沒有不好，身心靈探索也很重要，然而，若是少了客觀認識與洞悉思考，便會使打著假名堂的人有機可乘，而多數普通人都是有七情六慾的，七情六慾與七情六慾碰在一起，往往只是一團污穢噁心。許多的團體、階級、制度、潛規則，就像脫褲子放屁般累贅，表面是冠冕堂皇的人生大道理，裡頭包裝的卻是各種圖財圖色圖利的覬覦。

當好人、做好事一定要先加入特定團體嗎？探索身心靈，一定要乖乖追隨他人規定的步驟？我要裸奔，為什麼還要你的同意？

人生很複雜，卻也沒那麼複雜。

心靈的自由，是我們不再尋求他人的認同與背書，不再依賴舒適圈的保護，而那需要真正的勇氣。

4

/ Strength /

Lost and Found

女爲悅己者容，那個人是我自己

讀高中時，領了一筆獎學金，到德國當三個禮拜的交換生。我的室友是一個義大利女生E，小我一歲，外表卻成熟得多，一頭閃閃發亮的深棕色捲髮、勾得完美俐落的眼線、濃密纖長的睫毛、剔透飽和的唇膏，整個人宛如從西西里電影走出來的美女，如詩如畫。看著她美麗的妝容，我第一次清楚意識到自己臉上的樸素，突然之間，我也好想嘗試化妝。一天，我和E到小鎮上的藥妝店閒逛，E為我挑選了一盒礦物藍眼影，圓圓的硬殼放在掌心，像糖果一樣涼涼的，是踏入成人世界的新玩具。除了眼影之外，E也為我挑了眉筆、蜜粉、口紅，買了紅紅綠綠一整袋，走在回宿舍的路上，迎著涼風，覺得自己開始像個大人了。

有句話說「女為悅己者容」，但化妝於我最早的意義，不是為了誰的目光，也不是為了誰的讚賞，只是兩個女孩單純欣賞著美麗的事物。

從小到大，除了父母以外，從來沒人誇過我漂亮。國中時有次補習遲到，匆匆忙忙地趕了進去，沒想到門一開才發現走錯了教室。裡面歪歪斜斜坐著四、五個男女，都是那種懂得將袖子捲起來，制服褲腳改成七分、留著玉米鬚妹妹頭、用髮膠抓頭髮的時髦學生。我急忙說了句抱歉，正轉身要走，後面卻響響亮亮傳來一句：「好醜。」然後是一陣爆笑。

於是，我也就這麼一直深深相信自己是醜的。

開始化妝後，才驚覺「美」的力量有多強大。

從素顏到上妝，是一段從醜到美的曲線，也是一個鬼魂從陰間升上天堂的歷程。

醜的人，要麼被視為一隻鬼，要麼被視為隱形人。

美的人，走到哪裡都是目光，不是男神便是女神。

醜的時候，任何動作都必須謹小慎微，就怕一不小心存在得太明顯，下一秒就被傷害。

美的時候，從來都不需要想這麼多，從容優雅，一舉手一投足都是世間最正當的存在。

我的桃花旺了。開始有男人追求，開始有男人稱讚我美，開始有男人在宿舍樓下等我。

世界整個變了。在醜女大翻身的驚奇中，我強烈地體會到美貌本身便是一種資產，一種權力，而化妝品則是攀向高處的一格格階梯。過去的歲月辜負了我，如今我要將被浪費的狠狠討回。我不再單純為了愛美而妝點自己，而是為了吸引異性目光而費盡力氣。每一個注目禮、每一句讚美、每一次搭訕，都證明了我的存在，肯定了我的魅力，確認了我的價值。

當年E帶給我的美好感受漸漸消褪了。不過，謝天謝地，我再也不是鬼了。

然而，無論表面如何春風得意，心底那份自卑卻從未消去。

一次，有人當面問了我一個問題：「妳說妳是女性主義者，那妳為什麼要化妝？為什麼要賣弄性感？這樣不是又落入了男性凝視的陷阱裡嗎？這不是很矛盾嗎？」

這個問題使我啞口無言，不知從何辯解，有好長一段時間，都暗自覺得自己非常矯情。

後來，一個長年練舞的朋友邀我去參加一場Salsa派對，現場氣氛熱烈，男男女女都換上最精緻最耀眼的服裝，流蘇在大腿間性感擺動、肌肉在緊身衣下若隱若現、皮膚在亮片中閃爍光澤，隨著音樂節奏，他們一個個手搭手走進了舞池。一瞬間，燈光下的一對對男女自信如孔雀般走步、轉圈、舞動、顧盼，眼花撩亂的陣勢變幻宛如聖誕樹般晶亮耀眼的殘影，熱汗如雨、眼神如電、肌肉張弛，慾望在空氣間流竄，濃密而純粹的性力令旁觀人也暈眩，他們在彼此的互動進退間，時而交融時而獨立地傾訴著慾望與熱情，盡情展現著個人的熱力和性魅力，徹底沈浸在自我的驕傲與滿足中。

突然間，我有了那道難題的答案。

——有問題的從來不是化妝打扮，而是一個人內心深處的不安。

Sexuality和Being sexualized是不同的，Sexuality可以是賦權的，但Being sexualized

卻可能是有害的。

Sexuality是自然而中性的存在，而無論是男是女，被渴望、被喜愛、被注目，都可以是件美好且讓人感到被賦權的事，也因此，無論何種性別何種性向，都可以為了自己也為了他人而妝點自己。一個人要如何表現自己的Sexuality，又或是何時欣然接受、何時拒絕被性化，完完全全取決於本人的意願，他人無從置喙也沒有資格在旁批判，因為我們無法揣測他人最根本最真實的意圖。

但Sexual Objectification卻是另一回事。

這種性化，是將一個人單單視為情慾客體，他是什麼樣的人、有什麼樣的思想、有何生而為人的尊嚴都不重要。它對一個人的理解是扁平的、偏頗的，充滿各種性別刻板印象與歧視的。

人身為有感情有慾望的動物，希望吸引他人或受到吸引，是再天經地義自然不過的事情。不必壓抑，不必抹銷，也不需任何掩飾藉口。

然而，若我們過份在意他人目光，自我認同完全取決於他人意見時，很容易便會受到他人與自我的性客體化傷害，落入空洞慾望與自卑不安的無底洞。

尼采曾寫，「世界瀰漫著焦躁不安的氣息，因為每一個人都急於從自己的枷鎖中解放出來。」

人生許多疑難雜症，追本溯源都與內在的不穩定息息相關，成長，便是誠實地直視內心的問題，將自己從他人的目光牢籠解放出來，學著建立一個自給自足的價值體系。如此，無論面對何種風雨何種摧折，都能一直挺拔沈穩地站立。這個過程，是自由的追求，也是一種強大的自我賦權，到那時，無論面對的是什麼角色、什麼樣的環境，都能自由自在，游刃有餘。

女為悅己者容，那個人有時候是心儀的對象，但真正的主人永遠是我們自己。化不化妝，打不打扮，怎麼化妝，怎麼打扮，都是自己的事，別人怎麼想，根本不重要，沒必要向任何人交代，也不要擅自去揣測他人的動機，因為最能看清內心世界真貌的，只有當事人自己。

現在，我依然喜愛打扮，但我關心的不再是有沒有受到矚目，而是自己舒不舒服、開不開心，以及很多其他重要的事情。我偶爾穿高跟鞋，偶爾不穿，我偶爾時髦火辣，偶爾普通樸素，但無論哪個狀態，都絲毫無損自愛自信。

賢妻良母與伴遊女子，以及她們的男人

清晨五點，我們相約邊境集合，天空還是寧靜的深藍色，地平線上燈火微明，我的眼眶底下淤積著隔夜的黑眼圈。

一台車一台車陸續到齊了，為了躲過早晨馬來西亞與新加坡邊界的通勤車潮，我們不多做拖延，再一次確認路線後，便發動引擎，在破曉晨光中啟程上路。

這一群人，因為男人們的遊戲而齊聚一處。

這些男人嗜車如命，也熱愛開車，三不五時便以車之名大聚小聚，尤其喜愛深夜相約，在椰影下疾速奔馳，繞過獅城一圈又一圈，耽溺在人車一體、勁風壓面、腎上腺素飆升的慾望重力。只是這獅的大小猶如籠中困獸，男人們便放眼獅城後方的巍峨長龍，一條公路從海邊一路深入蓊鬱的中南半島，於是這趟為期兩週，由新加坡一路北上泰國的公路之旅於焉成形。男人們有的獨自參加，有的攜家帶眷，有的則是情人陪同，各自揣懷著天色般曖昧的心情，在日出中駛向燦亮簇新的一天。

開了一上午的車，我們在一處休息站停下來吃午餐，終於有機會好好地看清所有的人。

黃先生與黃太太是對年輕新加坡夫妻，三十幾歲，帶著上小學的女兒和黃先生的父母，分別開兩台車。黃先生是位工程師，身材瘦小、面色蠟黃，平時除了玩車外沒有其他的興趣。他一下關心著老父母的飲食，一下轉頭喝令女兒坐好吃飯，口裡不斷督促，姿態卻好整以暇，真正忙碌著的是黃太太。黃太太形如竹竿，身形和顴骨一樣高聳，眼神晶亮銳利，給人一種冷血螳螂的壓迫印象。她曾在一家外商公司上班，婚後辭職照顧一家老小，此時正忙著將盤裡的炸雞腿切成細條，哄著女兒乖乖吃下。

桑先生是個科技業富翁，也是這趟旅程的主要贊助者，為人大方，買車成癖，性格外向而強勢，四十幾歲保持得黝黑健壯，身邊摟著年紀只有他一半的情人真小姐。真小姐剛從大學畢業，外型亮麗，外向健談，活蹦亂跳像隻好奇而狡黠的小鳥，在桑先生身邊轉來轉去，無論他說什麼話，她都眨著眼睛捧場附和，而桑先生的視線也無時無刻跟著她，像個焦慮卻故作輕鬆的寵物主人，仔細看顧著他豢養的昂貴珍鳥。

雷先生，一個單身俄國男子，蒼白的臉上永遠有種睡不飽的疲憊陰沈，好似飽經人生風霜，但當你捕捉到他不經意露出的孩子氣笑容，才突然驚覺他年紀其實不過二十出頭。雷先生在媒體業工作，專跑車線，本身也熱愛賽車，因為採訪關係認識了桑先生，從此將桑先生當導師崇拜，走到哪跟到哪，彷彿桑先生就是一本活生生的成功教科書。

而雷先生與我的攝影師男友相識多年，兩人曾合作過許多案子，他們計畫將這趟公路之旅記錄下來，製成短片。於是幾組八竿子打不著一塊的人，就這樣踏上了旅程。

一天晚上，我們抵達馬來西亞的怡保，在街邊一家熱鬧滾滾的南洋餐室吃晚餐。不知道是什麼社交驅力使然，一群人混在一起，女人往往自動和女人聚在一起，男人也自動和其他男人湊在一塊，好像女人聊的事只有女人懂，男人聊的事也只有男人懂，話題共通性越不過性別的井水與河水。

在咖哩椰漿飯與溫暖晚風中，我們流著汗，有一搭沒一搭聊著天。我問真小姐大學主修什麼，她說外語，因為著迷國外文化，希望未來能去歐洲或美國生活。

「我從小是接受英式教育長大的，」黃太太突兀地插進話，「外語這種東西不用特別去學，自然而然就會說雙語的。」

真小姐聽了，面不改色笑著說，「我剛移民來新加坡時，花了一個月才聽懂新加坡人講的英文！那口音真是重！」

「外語學再多，畢竟只是一種工具，重要的是有沒有其他的專長，」黃太太邊說，邊替女兒夾了幾樣菜，再將飯碗遞給老母親，「媽，妳幫我餵一下妹妹，叫她把青菜都吃掉。」說完又轉過頭來，眼神透著精光微笑著說，「真小姐妳這麼年輕，其實只要找個有錢男人嫁了，學什麼哪重要呢？」

真小姐不動聲色地反唇相譏，「無論怎樣，都比生孩子好。生了就被綁住了，整天還要看小孩看公婆臉色過活，老公又不見得幫得上忙，根本沒有自己的人生可言，學什麼東西還重要嗎？」「你們在聊什麼啊？」桑先生突然湊了過來，摟了摟真小姐。「沒什麼，隨便聊聊。」真小姐頭在桑先生的脖子間親暱地蹭了蹭，「這些都是姊姊，妳有什麼問題可以問她們。」桑先生摸了摸真小姐的頭，然後抬起頭來對我們說，「妳們知道她上個月才剛滿二十二歲嗎？」

隔天早上，我們在旅館餐廳吃早餐，熱帶醺風從敞開的窗戶陣陣吹來，人還沒怎麼走動，身上就已經微微冒汗。

真小姐不知怎的心血來潮，一大早就打扮得耀眼奪目，穿了一件緊身鮮黃色洋裝，耳際垂掛著藍色長耳環，走動時搖搖晃晃反射著艷陽，浮光如碎鑽，像隻熱帶鳥般明豔奪目。

她一把拉開黃太太身邊的椅子坐下，表情掩飾不住的得意，而黃太太一臉疲態，正拉扯著女兒吃飯，推推搡搡地弄得滿桌狼藉，在儀態優雅、盛放光芒的真小姐身邊，看起來特別的黯淡憔悴。「桑先生你真幸運！」黃先生自顧自囫圇吃著早餐，不忘對金主拍拍馬屁。黃太太聽了丈夫的話後默不作聲，臉色卻沉了下來。

午後，大家約好一塊上街走走，黃太太從電梯出來時，看起來很不一樣。她一改前幾日的樸素打扮，換上了一套紅色碎花小洋裝，踩著一雙藕色矮跟鞋，口紅許是為了符合色系而選了大紅，眉毛下手過重，畫得像兩隻棕色毛蟲，一隻往東一隻往西，眼影也用力過猛，塗得整個眼窩滿滿的簡直要溢出眉毛。黃太太像個競爭心被挑起的小女孩，爭奇鬥豔地盛裝打扮，整個人反而顯得不倫不類。當她走近時，整身的五顏六色壓迫著過來，大家禮貌性地視而不見，倒是黃先生風風涼涼說了句：「妳今天的妝未免也太濃了吧。」黃太太一個嬌嗔的手勢揮過去，打在黃先生肩上，玩笑態度卻掩飾不了一抹難堪。

真小姐將一切看在眼底。從昨天第一場對話開始，她就能清晰地感覺到黃太太對她的輕蔑。這種輕蔑她熟悉得很。青少女時期愛打扮的她，被母親說她年紀輕輕就意圖勾引男人。長大後她和班上男孩打情罵俏，隔天就被班上其他相貌醜陋的女生們排擠。後來她當酒店陪侍、做高級伴遊，為的不只是錢，更是一種報復心。她喜歡自己是那些男人們的情人、自由的隱喻、生命的出口，而他們的妻子，只能是枯燥乏味的責任、生兒育女的機器、夢想夭折的原因。

既然妳們看不起我，我也看不起妳們。真小姐冷冷地想。

看著黃太太的狼狽模樣，真小姐自覺勝利，心情特好。在街上散步時，她主動去牽了黃太太女兒的小手，和她談天說地，逗得小女孩笑呵呵的。當天晚餐，小女孩就堅持要和真小姐坐在一起而不和媽媽坐，黃太太臉色看起來很差，卻又不好在眾人面前發作，臭著臉勉勉強強吃完了一餐，吃完便一聲不吭起身離席，看也不看女兒，反而是小女孩見媽媽走了，緊張地哭著追了上去。而黃先生一直忙著跟其他男人說話，側耳依稀聽到，似乎是在向桑先生推銷一項案子的贊助。

回到旅館房間，黃太太憤憤的卸妝、洗臉，手勢裡帶著屈辱，五顏六色從洗手檯流下去。

真小姐的美驚心動魄，每一個角度都刺傷黃太太的眼睛。這種女人有什麼了不起。她輕蔑地想。不檢點、不要臉的婊子，成天只想著勾引男人，說什麼是桑先生的女朋友，一看就知道是為了錢和老男人交往的拜金女。「媽媽！媽媽！」女兒在反鎖的浴室外面叫喚，語氣裡充滿著惶惑不安。黃太太不回應，心裡還是生氣委屈，氣真小姐的招搖顯擺，氣丈夫的白目諂媚，也氣小女兒的懵懂無知。小女兒和所有男人都一樣，眼睛都瞎了，才看得上那種女人的膚淺皮囊，卻看不懂她們的低俗骯髒。究竟什麼時候，這個世界才懂得珍惜像她這樣受過高等教育、擁有良好家教、為家庭犧牲奉獻的女人？思及此處，黃太太似乎終於記起了自己的好，像是確認過什麼似的，突然鬆了口氣，安心了。

一路走走停停，最後終於抵達了目的地，泰國普吉島。

整個城鎮混亂而歡騰，夜店雷射光在街上掃射，電音混雜著人聲震耳欲聾，紅色與藍色的燈光在人們臉上起伏著妖艷魅惑的輪廓。好不容易抵達旅程終點，本來眾人興致沖沖約好晚上一塊外出慶祝，但到了約定時間，黃家只有黃先生一個人出現，他表情略顯尷尬，說和妻子吵架了。黃先生並未說明他們為了什麼而吵，倒是主動抖出了不少妻子過去鬧脾氣的軼事，眾人你一言我一語玩笑打鬧，黃先生看安撫了這邊，不久後就告辭回房去了。

總是低著頭滑手機、很少開口說話的雷先生，突然在角落「咦」了一聲，把手機拿到我們眼前。仔細一看，才發現過去幾個小時內，黃太太在個人社群帳號上連續發佈了十幾篇貼文，篇篇言詞激烈地咒罵著我們這群人。黃太太寫到，「到了普吉島，猜他們第一件事是去幹什麼？去喝酒、去那些墮落的場所！在神的眼中，他們都是罪人。」另一篇貼文寫到，「現在年輕女生都這麼隨便？大學畢業和酒店妹沒兩樣。高等教育徹底失敗。」

「她貼文時應該是忘記鎖我了。」一向很邊緣的雷先生聳聳肩。

「其實她這個樣子，很不尊重黃先生，」真小姐用知情達理的嚴肅口吻說，「怎麼會這樣鬧脾氣，讓黃先生在所有人面前這樣丟臉呢？」

「娶這個女人會很辛苦。」桑先生下結論，「這個女人脾氣太悍，你看他爸媽兩個年紀那麼大了，還要看媳婦的臉色、聽她使喚。」

「說實話，這趟旅程，他們旅館的錢還不都是你出的，每次吃完飯也不去結帳，一家人都是坐在那裡等你去付錢！」真小姐為桑先生打抱不平，言下之意，認為黃家拿人手軟，沒有發脾氣的資格。

一夜狂歡後，隔日睡到將近中午才醒。窗外艷陽高照，男友依然在床上沉睡不醒，我嚴重宿醉，吞了顆止痛藥，拖著沈重步伐到旅館餐廳覓食，在那裡碰到了真小姐。

「桑先生呢？」我端著一杯黑咖啡，在她面前坐了下來。

「還在睡。」真小姐說。她的太陽眼鏡遮住了半張臉，看不出情緒。

「你和桑先生年紀差二十幾歲，溝通上還好嗎？」後來我們聊到了感情。

「合不合跟年紀無關吧。其實個性不合也沒差，我們也不是真的在交往，」真小姐邊說邊點起一根香菸，悠悠地說，「他給錢給得滿大方的，也知道遊戲規則。

不像我上一個客人，還會跟我討價還價。」她輕蔑冷淡地笑了笑，原本的活潑甜膩不見了，像是後台的演員短暫下戲，終於卸下了面具。

「黃太太不知道在氣什麼。」話鋒一轉，談起了這幾日的暗潮洶湧。

「整天當賢妻良母太無聊了吧！這種女人太傳統了，我告訴妳，她就是嫉妒我自由自在想做什麼就做什麼，誰的話都不用聽。」真小姐不屑的情緒一發不可收拾，「現在什麼年代了，還在那邊裝清高，什麼從小接受英式教育，真的很想告訴她，get over yourself，要不是這種女人存在，女性主義早就不知道進步幾百年了！」真小姐用力吐出一大口煙，刺痛了我乾澀的雙眼。「我回去看桑先生了。」菸抽完後，真小姐便起身離開，回去服務她的客人。

我坐在那團煙霧裡，心裡哭笑不得。女人的政治學，權力的修羅場，各就各位展演文明的殘酷廝殺。言詞精妙，手勢精巧，如此盛大的暴力，壯麗的競雌。

新時代女性

小君看著眼前的女子，心中同時升起厭惡與憐憫。那位女子叫做蜜亞，是小君多年友人的妻子，比她大了四歲，最近剛生第二個孩子。

小君臉上堆著客套的微笑，手勢優雅地切分著奶油鬆餅，嘴裡和身旁的朋友們談笑，餘光卻像手裡的刀刃，銳利而不動聲色地解剖著蜜亞的一切。

蜜亞一頭浪漫公主風捲髮，長波浪一絲不苟流瀉而下，只是這頭長髮搭上她矮小的身材，使她整個人更顯五短，從背面看，像隻洋娃娃，也像個發育不全的小女孩，「反正男人都喜歡這種柔柔弱弱看起來需要被呵護的類型。」小君在心裡世故地冷笑。視線再往下，是蜜亞又薄又扁的嘴唇，總是習慣性焦慮地緊抿著，再加上嘴唇口紅顏色過深，整張臉散發著一股苦命衰樣。那熟得像深焙咖啡的濃色，使小君想起廣告裡那些慵懶奢華的外國女星，成熟知性、性感大度，而太多像蜜亞這樣不自量力的女人，自以為支撐得起那樣的氣場，卻連自己的皮膚都照顧不好，即便塗上了厚厚的粉底，底下死灰蠟黃的膚色不均依舊清晰可辨，像冬日冰湖底下依稀可見的死魚，讓人憂悒地想起半途夭折的夢想。

小君下意識舔了舔自己飽滿的下唇，心底閃過絲絲優越，輕快地端起桌上的印度香料茶，小心啜了幾口，一隻手倚在椅子扶手上，一雙長腳往前延伸交疊，高挑勻稱的身體舒展開來，像茶杯裡徐徐綻放的葉片，慵懶從容、柔媚自信，她是這下午茶桌上的女王。

眼前幾個好友，多年不見卻毫不生疏，很快就抓回熟悉的節奏，吱吱喳喳聊著彼此的過往與現狀。大學時，他們成天聚在一起，做過好多事情，有過許多回憶，畢業後卻各分東西，出國的出國，結婚的結婚，分散在不同的城市，各過各的日子。最近，其中一個旅居國外多年的朋友回台探親，熱情安排了這次會面，餐廳日期一一敲定，大夥這才終於團聚。幾個人熱切聊著年少往事，有歡笑有惆悵，有追念有唏噓，小君嘴上談笑風生，內心的注意力倒有一半黏在蜜亞身上。在座只有她和蜜亞兩個女人，她無法不在意。

「你記不記得有次我們去海邊跨年，小木屋包棟玩了兩天，大家都喝好醉，小胖後來還不見，最後忘了是你還是誰，發現他在後面水溝裡睡死？」小君眉飛色舞地說起往事。

「喔對耶！我們那時候到底在幹嘛啊？」想起荒唐舊事，蜜亞老公也哈哈大笑。

「他有沒有跟妳說過我們以前的事情？他大學的時候根本就是不同的人，」小君轉頭笑著對蜜亞說，「我們以前真的好瘋狂。」

蜜亞擠出一個弧形完美的微笑，眼中卻死死的一點笑意也沒有。蜜亞年過三十才透過相親認識老公，幾乎是緊急地將自己嫁了出去。她不像小君，參與過這男人青春年代的燦爛時光，而他曾經的年少輕狂、血氣方剛早已隨著這幾年的成家立業一去不復返。眼前的男人，沒了多年前的瘦削健壯、凜凜風骨，換來的是經年累月熬夜加班、被生活反覆折磨的勞碌疲憊，小腹微凸，腰圍漸粗，鼻息味道不再清爽，眼鏡後方的神采逐漸黯淡，手腕上卻戴著昂貴名錶，腳上踩著高級皮鞋，皮肉越是鬆垮油膩，身上物件越是簇新發光，好似他的青春精華全被這些高貴物質吸了去。

這個男人最美好的時光屬於小君，他的未來只會每況愈下，而那將由蜜亞一人概括承擔。

嬰兒車裡的小孩噫噫呀呀哭鬧起來，蜜亞急忙抱起，揣在懷中哄了半天，孩子卻無動於衷，隔壁桌的客人幾次投來注目，後來蜜亞老公才起身去抱，搖了半天沒有改善，又抱到餐廳外面去安撫。

小君看著餐廳外那男人平凡微駝的背影，想起了往事。

好多年前，當他們都還共享著風風火火的青春時，小君曾經愛過這個男人。忘了從什麼時候開始，她在意起他的一舉一動，見到他時會緊張胃痛，並嫉妒每個與他對話超過一分鐘的女人。不久後，小君鋌而走險告白，他馬上以「我只把妳當朋友，不希望戀愛糟蹋了友情」這樣堂皇的理由回絕掉了。過了段時日，小君趁著共同友人酒醉迷糊之際套話，才知道原來他是嫌她又土又胖，「男女之間哪有純友誼，只有夠醜的才能當朋友。」據說他當時笑著這麼說。

小君不動聲色，維持著表面如常的笑鬧，日子一天天過了下去。畢業後，大夥四散各方，一開始還偶爾聯繫，後來漸漸淡了，但小君心中那無處安放的激動卻陰魂不散，直到很久以後才漸漸隨著時間沈澱到內在的最底。後來偶然聽見蜜亞老公的消息，心中再也不起大浪，頂多是輕微擾人的微小漣漪。

當年的情景已然模糊，但每每想起，小君總有一種劫後餘生的感慨。不只是那段未戰先敗的愛情，還有包圍住那段時光的漫長青春。

年輕時的她，心中躁動著無以名狀的焦慮與不安，整個青春是牢籠，而她像隻受驚動物般橫衝直撞。

人際關係詭譎複雜，世界飄忽險惡，那麼多隨時等著擊垮她的隱形階級秩序，將她重重包圍在內，反反覆覆弄傷她，不斷提醒她是如何平庸醜陋與不完美。她犯過許多錯，打從心底厭惡自己，在鏡子裡，她看到的是一個太高大、太肥胖、太粗糙的女人，但是自尊心告訴她，與其欲蓋彌彰承認自己的失敗，不如壯大自我在人前顯擺。那段時間，她總畫著濃烈的妝，穿著裸露的衣，對外宣稱自己走的是歐美系，但後來有次她在家中翻到當時的照片，不禁暗自心驚，畫面中人，畫著凌厲的黑色眼線與血色口紅，穿著品味低俗的緊身洋裝，副乳、腰間與後臂的贅肉一圈圈一簇簇推擠出來，臉上表情雖不可一世，眼底卻透著掩飾不住的倉皇凌亂。

她在鏡子裡看到不完美的自己。

那面鏡子是別人的眼睛，是她內心扭曲的哈哈鏡。

那些錯與醜，深深地刻在她的每一顆細胞裡，後來當她在其他女人身上辨識出那些熟悉的難堪與破敗時，她感受到的不是理解與相惜，而是如出一轍的輕蔑與厭惡。

她受夠了那樣的自厭自棄，於是，她奮力地改變自己，她要變成一個堅強不摧的女人。

後來的小君不同以往，變瘦了、變強了、自信了、從容了，終於蛻變成了他人眼中的新時代女性。

她夙夜匪懈地減肥塑身、對卡路里斤斤計較，另一方面卻不斷抨擊主流社會瘦就是美的僵化審美觀，並大聲提倡著多元審美的重要性；她深信女人幸福只能靠自己，並以身為經濟獨立的職業女性而自豪。對她來說，像蜜亞那樣將生命奉獻給家庭的女人，根本是在安穩幻覺中慢性自殺；她的風流韻事不輟，在幾個男人間來去自如，她喜歡男人需要她渴望她的眼神，那是一種勝利般的報復感，其他普通女人都追著男人跑，就只有她，跑著讓男人追；她年紀輕輕就小有成就，不到三十就升上部門主管，底下一個小組聽她辦事，偶爾和廠商代表上酒店應酬談生意時，她最享受的是意識到自己是在場除了小姐之外，唯一的女人，和男人平起平坐、共享權力的女人；而像蜜亞這樣沒有太大野心、內在平庸無趣，人生一望到底的女子，注定終身俯首男人跟前，不僅糟蹋了女性無限的潛能，更是女性主義的問題所在……。

正當小君深陷思緒風暴時，蜜亞老公抱著孩子走進來了，孩子不再吵，饒富興味地玩著手上的玩具。

大夥又坐了一會，茶喝完了，甜點吃完了，有人看了看時間，提醒大家就要天黑了，幾個人於是起身收拾東西，準備回家，返回各自的人生軌道。

離開前，小君和蜜亞的老公在停車場抽煙，他徐徐吞吐著，突然瞇起眼睛說，「妳這幾年真的變好多，早就跟妳說變瘦了會更好看吧！」

小君笑著頂嘴回去，「以前肉肉的也很可愛啊！」

那天開車離開時，小君突然覺得疲累透頂。

精緻成本學

正要出門時，他打電話來，語氣歉疚地說開會時間長得超乎預期，今晚的晚餐約會得取消了。

掛了電話，我抬頭看見鏡子裡的自己，黑色眼線勾畫得完美無瑕，眼影漸層的和諧堪稱藝術，身上穿著專為這次約會新買的削肩上衣，渾身散發著昂貴的木質香水氣息。在鏡子裡，我看到的不是一個打扮精緻的女人，而是一個全身花花綠綠的小丑，內心怒火中燒卻無處發洩，氣得不是約會被臨時放鴿子，而是白白浪費了這一身的心血。

美麗是要成本的。

基礎的日常保養、健身房會員卡、按摩Spa券、有機健康食物就佔了一筆可觀的固定開銷，而其他消耗品更是個大坑，一場約會永遠不只是一場約會，而是各類隱性成本的成果發表會——書呆子黑框眼鏡拿下來，換上一副三十五元的日拋隱形眼鏡；化妝包裡的口紅、眼線筆、修容餅各就各位，將平時近乎隱形的五官召喚出來；妝前乳、化妝水、精華液一字排開，為妝前妝後的保養枕戈待旦；平常兩三天不洗的油膩頭髮，破天荒獲得了洗髮護髮的雙重呵護；而平時那件穿到軟爛泛黃的居家T-Shirt此時則退居幕後，是時候請出衣櫃裡那件要價三千的珍稀戰服。

每一種美麗都是成本，每一次精緻都是血淚，妝髮的完成度直接反映了對一個人的重視度，而這也是為什麼臨時取消約會，是如此罪不可赦的一種惡行。

皮囊的美麗是數學算得出來的成本，氣韻的美麗卻是無形層次的申論，夾睫毛的技巧區隔出美的階級，知識的品味也排序了魅力的高低，而肉眼看得見的精打細算遠遠不夠，聰明女孩知道，需要有內在的襯底才算真正實至名歸。

這些年，媒體鋪天蓋地洗腦女孩們要精緻、要高級，不僅外表得迷人出眾，還得多才多藝、胸懷世界。光漂亮不夠，還得有學識、愛旅遊、熟電影、懂品酒，斜槓永無止盡延伸下去，這門精緻成本學於是越來越博大精深。為了趕上網路時代的快節奏，為了與時間賽跑著備齊各種裝備，每一筆為了門面形象付出的心力與鈔票，都成了剪不斷理還亂的債。

認識多年的朋友P，大學時代是個普通的女孩，外貌中等，成績中等，人緣中等，有點虛榮有點自卑，有點認命又有點不甘，搖晃的自信使她常常庸人自擾，也常常曲解他人引發衝突。而她認為生活一切的不夠好與不順遂，只不過是因為她還不夠完美。

有一天，P突然刪光了從前社群媒體上的貼文，說要從頭來過。與家人朋友出遊的照片沒了，心血來潮捕捉的生活片刻刪了，取而代之的，是這個時代最繽紛閃耀的事物——城中最新開幕的咖啡廳餐酒館、插花課陶藝課料理課的作品、新上架的化妝品保養品開箱影片、在健身房辛勤練跑的流汗自拍、深夜打動人心的詩句分享——P的追蹤人數在短短半年內，從原本的兩百多人，一路成長到好幾千人，開始有人誇她漂亮，有人稱讚她是才女，P像糖果仙子般在童話王國中翩翩飛舞，照片裡的她看起來比過往更自信更快樂，一步一步活成了當代標準精緻女性的範本。

後來，P想請我為她的網站撰寫文案，我們約在一家咖啡廳見面。

P坐下沒多久，便強迫症般不斷滑開手機，有時話說到一半，就感到她的餘光已蠢蠢欲動移到手機上，幾秒後便忍不住伸手到螢幕上點按兩下，開開關關，話題不斷被打斷。到最後我也毛躁起來，問她在忙什麼，P說她剛上傳了一則新貼文，想看有多少人按讚、有什麼人留言，突然，一則通知跳出來，「抱歉我回一下就好。」P的眼睛黏在螢幕上，手指快速焦慮地打著字，她說的一下實際上是二十分鐘，等待她的同時，我把整杯咖啡喝完。

我以為隨著年歲增長，P蛻去了大學時期的羞澀自卑，長成了網路上那個充滿正能量的女子，然而現實生活裡的她，少了光鮮亮麗的濾鏡，宛如魔法暫停作用，公主貶為凡人，坐在眼前宛如一尊精緻美麗卻易碎的陶瓷娃娃，只要稍微一碰，便會就地崩解。

合作最後無疾而終，後來各自忙碌，也很少見到P了。她的社群網站依然每日更新，粉絲人數穩定成長，每個月有業配合作，後來還去做了隆胸手術。只是每次見到她專業精修過的笑容，總情不自禁想起多年前那個咖啡廳午後，坐在我面前那個眼神飄忽不定、瘦小倨傲而神經兮兮的女孩。

美麗是要成本的，但它從不真正承諾什麼。美可以是一種價值，一種武器，一種手段，但形式上的美之追求，永遠填補不了自覺不足的黑洞。

人活著，有時候是為了自己，有時候是為了他人目光，失了平衡與初心，美麗的追求就成為焦慮來源，精緻的競逐便流於形式，正能量的歌頌則淪為空洞標語。更何況，當代資本主義社會定義的精緻女人簡直三頭六臂，要有無懈可擊的外表、要當婚戀市場裡的勝利者、要獨立自主也要精通持家、要多才多藝成為萬裡挑一的有趣靈魂，更要有象徵階級品味的名牌包、餐廳打卡、名流朋友與國外度假。

那麼多的時間，那麼多的精力，那麼多的金錢，那麼多的兼顧，精緻女孩看似是獨立迷人的時代新女性，但很多時候，卻更像一種無止盡追逐的階級之夢，一種流於形式的自我賦權幻覺。多少人在爭相前往精緻國度的路上，疲於奔命、迷失自我，最終成為被市場巨輪碾壓過去的無主遊魂？

在成為精緻女人之前，或許得先要思考何謂個人價值，何謂自尊自愛，何謂愛與被愛。

正如許久以前P曾脫口說出，雖然知道自己這樣不好，但有沒有刻意經營門面，真的能感受到外界的態度天壤地別。這一切，或許不能怪精緻女孩矯情，而是整個社會風氣之殤。

猥褻的創傷沈積

一年夏天，男友剛從國外回到台灣，租屋的事情出了差錯，只好在我家暫居一個禮拜。

某天早上，我一如往常去浴室刷牙，不過多久，男友也睡眼惺忪出現，我們沒多做他想，就只是站在一起刷牙。刷完後，我先走出去，見到父親一臉殺氣騰騰坐在客廳沙發上，我還來不及意會過來，他就指著我的鼻子，用整棟公寓都聽得見的聲音怒吼：「放蕩！」

被罵的當下，我還懵懵懂懂搞不清楚狀況，後來拼拼湊湊才恍然大悟，原來父親是顧忌我們孤男寡女共處一室，有失體統。

那句「放蕩」，對在場人士有殺雞儆猴的意圖，是罵給我聽，是罵給我男友聽，是罵給媽媽妹妹聽，也是罵給父親自己聽。

女性網站文章、勵志書籍、電影劇情、名人採訪等，總是反覆著「女生要愛自己」的命題，如誦經催眠般鋪天蓋地而來，不是因為濫情，而是因為生在一個厭女社會，許多女生都太習於厭惡自己。

我們討厭比自己美的，恥笑比自己醜的，嫌那些貞潔女子做作或不解風情，罵那些情人成群的女人浪蕩婊子。不只男人罵女人，女人也糾察隊般彼此監視導正，「揪出壞女人」成為史上合作度最高的全民運動，我們生了一種來源不明的病，與其他女人相處時，難以坦蕩大方心無旁鶩地交心，而是得先從頭到腳檢視一遍對方的妝容外表、言行舉止、市場價值，定位好後，才能決定自己的應對方式。

厭女社會的教訓是一場大規模的洗腦，從出生那刻就開始潛移默化，長大後，女人們渴望另一種大規模的反催眠，好讓我們從漫長的惡夢中解脫出來。

女人心中那股油膩尖銳的噁心感，近似一種創傷反應，傷害來自成長過程中大大小小明示暗示的羞辱，並在後來的各種時刻不斷被觸發被記起，精神亦然，肉體亦然。厭女，便是這樣一種集體創傷。

我的父親曾在盛怒之中，對我擲來蕩婦羞辱的語言，而他不是第一個，也不是最後一個。

炎熱夏天，只要我穿著無袖背心或低胸上衣到阿嬤家，阿嬤便會一臉不悅，最後她總是忍不住對我諄諄教誨，說女孩子不要穿這麼露，露到奶頭都要給別人看了，男人喜歡的是端莊保守的，不是像妳這樣的。

我聽了總是苦笑不語，阿嬤對我非常好，只是成長背景不同，年紀也大了，與她爭辯對我來說沒有意義。只是每每聽到，都讓我想起一個小學同學，她年紀輕輕卻總是駝背，後來她才告訴我，那是因為她害怕胸部被人注意到。肉體與性的意識初萌芽，就已承受著龐大而莫可名狀的羞恥，女孩從小便懂得藏好掖好，以免招來有形無形的懲罰。

又有一次，我在社群網站上隨意瀏覽，突然在某知名女網紅的貼文底下，看到有人留言：「黑鮑婊子裝模作樣，笑死」，讓我吃驚的是，留言的竟是一個我認識的男性友人。這人平時人緣不錯，形象開朗熱情，還時常分享愛媽媽愛女友的貼文，讓我一時難以將那句尖銳又仇女的言論與他連結在一起。

吳曉樂在《可是我偏偏不喜歡》一書中，寫到一次好友出遊，晚上大夥在飯店房間玩真心話大冒險。一個女孩被指定分享「夢魘」，女孩說，青春期時，有次在家腿開開地斜躺在沙發上，沒想到媽媽到客廳看見後，竟然說：「妳腿這麼開，是想要男人了嗎？」這句既惡毒又猥褻的話，從此陰魂不散地跟著女孩，後來無論在哪個場合，她都膽戰心驚地注意自己腿是否關緊了。

既惡毒又猥褻。這樣質地的話，女人們都聽過了無數次直至習以為常，從父母口中、從親密伴侶口中、從陌生人口中噴濺出來，毫不設防地重傷，流血了，還對自己柔軟纖細的血肉感到羞恥。

「妳腿這麼開，是想要男人了嗎？」「蕩婦！破麻！」「露到奶頭都給別人看了。」「黑鮑婊子裝模作樣，笑死」……，這些許許多多的話，當真是既惡毒又猥褻。

漢娜鄂蘭曾指出，邪惡的作為有時並非源自虛幻純粹的「惡」，而是源於人類本身的平庸愚鈍、盲目從眾，以及批判精神與獨立思考之貧乏。然而，無知的邪惡與預謀的邪惡，殺傷力同樣不容小覷，一個人有自由選擇不恨，也有權力選擇去恨，正如我選擇不對家人懷抱怨懟，只是受的傷是真的，對自己的身體與性慾產生厭惡，也是真的。

與厭女言論同等可怖的，是人們對這些語言是如此習以為常，以至於本末倒置且理所當然地不斷錯置猥褻者與被猥褻者。

當我們聽到一個母親對女兒說，「妳腿張這麼開，是想要男人了嗎？」人們當下的直覺反應，不是對這言語的粗俗及觀念的扭曲感到驚訝與噁心，而是對這句話所指涉的女性產生厭惡，而這樣的反應，竟也包括身為女人的我們自己。

究竟是誰猥褻？是穿著短裙的女人，還是罵女兒腿張開是在想男人的母親？是情人眾多的女子，還是罵女兒「婊子」的父親？是濃妝豔抹的女人，還是在網路上用惡毒字眼辱罵陌生女子的網民？

女人內心那股頑固的噁心感，是經年累月被猥褻被傷害的創傷沈積，是肉體上的侵犯也是精神上的入侵，而創傷會複製，一代一代流傳下去。

回到人之初，我們最潔淨無瑕的時刻。曾經，我們身上沒有被猥褻的痕跡、被傷害的疤痕，也沒有撕裂他人的暴戾、自我厭惡的煉獄。

學會接納與喜愛自己是一種療傷的過程，而療傷便是一步一步回到那初始狀態，那純真並非嬰孩的一片空白，而是成人的鉛華洗淨，透過學習思辨、同理他人、反覆練習，我們慢慢地修復傷口，粗糙結痂的底下，仍然是一片新皮。

4 / Strength ::

Lost and Found

活在一個充滿惡意的世界

「妳看這篇新聞底下的留言，看了令人真的好生氣！」K一臉憤怒把手機遞過來給我。

一起輪姦案。年輕女孩因為情傷，找了兩個信任的男性友人訴苦，沒想到兩男竟趁人之危將她灌醉後性侵，並且將過程拍成影片散佈出去。女孩受到創傷與輿論的多重打擊，最終選擇結束生命。

有證據、有定罪、有判刑，理應是個罪證確鑿、毫無疑義的案子，沒想到底下的留言，竟然一面倒地指責受害女子：

「和兩個男的晚上一起喝酒真是沒有危機意識！」

「有可能是仙人跳？」

「真是太傻了怎麼想不開？」

「情傷找異性聊天本來就很容易讓人誤會。」

「看樣子就是交友複雜的89妹，不意外。」

一片惡意中，也有人跳出來譴責檢討被害者很不可取，底下卻招致一連串更惡毒的攻擊，留言者也不示弱，來來回回唇槍舌戰，燒出一百多樓的激烈戰場，彼此的祖宗八代都罵了一輪，最後仍然各執一詞，不歡而散。

看完後，我把手機還給K，沒說什麼。

K盯著我看，似乎在等我義憤填膺準備開罵，但我已經低下頭繼續忙自己的事。

K忍不住開口：「妳好像沒有很生氣？」

「這種留言不意外。」我聳聳肩。

「不意外還是很讓人生氣啊！」K的怒火又熊熊燃燒起來。

我在這件事上的淡漠，不代表不在乎，也非視而不見，而是在親身領教過各種惡意後，學到有些戰場根本不值得浪費時間。

網路上，願意就事論事的人很少，能夠就事論事的人更少。

有一次與人鍵盤辯論，事實越辯越明之際，對方漸漸發現自己站不住腳，竟然轉而惱羞成怒。他點進我的個人頁面，在少數公開的照片中找到一張背影照，像是在絕境中撿到路邊的玻璃碎片般，以最後一搏的氣勢將那張照片轉貼到原留言串下，附上一句：「穿這麼騷真是讓我看了噁心。」照片裡，我穿著一件普通的T-Shirt。「齷齪的人，看什麼都覺得噁心。」回覆後，我好奇點進他的個人頁面，什麼都沒有，是一個假帳號。

另一次，我在網路上分享了一篇探討性別平等的文章，底下突然出現一大票高中生，他們呼朋引伴不斷tag朋友，跳針般回覆著一樣的內容：「笑死」「可撥」「母豬」「女拳」「女人要打」……。其中一位小男生留言：「妳知道妳爸媽把妳生成一隻欠幹的母豬嗎？」看了心整個涼了，不只是因為言語攻擊，更是驚訝於一個十八歲念前三志願的高中生，竟能對一個陌生女子說出如此惡毒的話。台灣升學主義的金光閃閃底下，究竟有著多大多黑的陰影面積？

群眾心理學家Gustave Le Bon在《烏合之眾》（The Crowd: A Study of the Popular Mind）一書中，將喪失理性的群眾比喻成「流氓之族」。此書雖有觀念過時與錯誤之處，卻仍提出了不少精闢的觀察。Le Bon寫到：「他們知道即便做錯事也不會受到懲罰，而且人數越多，這一點越肯定。」，以及「群體中愚蠢、無知和心懷嫉妒的人會擺脫自己卑微無能的感覺，從而產生殘忍、巨大的短暫力量。」

我私訊給那個小男生，表示將提出妨害名譽告訴，沒想到網路上氣焰囂張的他，在現實中馬上頹軟。「我不知道這樣不行，我真的錯了，我很後悔，請妳原諒我。」一口氣像做錯事跟師長道歉寫悔過書一樣，十八歲了，還是一個孩子。

以上事件，只不過是世上惡意的一小部分。

曾經我也是個鍵盤戰士，對一切義憤填膺，秉持著凜然正義，梭巡網路蠻荒世界，不斷升級邏輯、知識、表達能力等裝備武器，遇上敵人便毫不留情大開殺戒、你死我活，有時候殺紅了眼，連時間都忘記，回過神來竟然已過半夜四點。

但，這麼做有讓世界更好嗎？

後來才發現，似乎沒有，反而血壓升高，自由基暴增，厭世值翻倍，而且睡眠不足。

現實生活的交戰和網路世界的廝殺是不一樣的。現實中，短兵相接會到肉見血，會非死即傷，會有實質後果；但在網路世界，文字隨時可以被修改、被刪除、被扭曲，太多資訊，太多混戰，太多辭不達意的誤會，太多片面之詞的理解，還有太多感性理性的鴻溝。很多時候，人不過是面紅耳赤地各說各話、互相傷害，而戰到最後，你還是堅守自己的，他也還是堅持他的，信者恆信，不信者恆不信。一個人當下的觀念，是他過去數十年來的家庭教育、環境薰陶、個人智識、身心狀態所形塑而成，想用一兩次網路筆戰推翻他生活至今堅信的所有，極其困難，而很少人有多餘的時間心力，去幫另一個人徹頭徹尾修補邏輯能力、文化常識，還有他壞掉的內在小孩。

況且，在一個民主社會，每個人都有權相信他要相信的。

然而，合理不代表正確，正如有些事比較對，有些事比較錯，我們不斷辯證，追求的是眾多視角之中，最全面最深入最真實的詮釋。

接受多元立場的存在，不代表對惡意與不公無感、不代表不該為立場奮戰、不代表永遠不在網路上辯論，更不代表對人性徹底喪失希望，而是，在資訊龐雜、奔波忙碌的現實生活裡，為了我們身心靈的平衡健康，為了生命中真正重要的人事物，我們必須得學會去判斷哪些「戰場」值得用十分力氣全力以赴，而哪些只需用一分力氣聳肩笑笑就過去了。

這個世界的確是充滿惡意的。在網路新聞底下的留言、親密關係裡的傷害，旁人理直氣壯的說三道四中，惡意一次又一次顯形。

惡意不是英雄電影裡的反派，正如「邪惡」也從來不是單一特質，惡意更多時候是無知與自以為是，是環境的暗示與群眾的愚蠢，是個人無處發洩的情緒廢棄物。一個任意散佈惡意的人，往往也是無能也無膽拆解自我迷局的困獸，而很多時候我們自認在對抗惡意，最後卻在別的地方，以別的形式、別的立場、別的正義，成了另一個惡意的發射器。

為了保護自己不受惡意侵害，也確保自己不成為另一個惡意散播者，一切改變或許得回歸到日常生活的實踐上。

後來，我很少在網路上與人爭論不休，就算有時心血來潮有感而發，目的也不再是吵贏或打壓對方，而是讓廣大的圍觀者看見，「原來有人是這麼想的」。再激昂的高談闊論，最終還是要回歸生活。

與其和某個假帳號戰到體內癌細胞數倍增長，不如關掉手機專注享受生活的片刻；與其在虛擬世界戰個你死我活，不如在現實生活中慎選結婚生子與交友親近的對象；與其在留言串上與陌生人蓋樓廝殺，不如在每一次與人面對面交流、每一次做出大小選擇時，毫不畏懼地堅守兌現自己的處世標準。

人生太忙碌，時間太珍貴，並不是任何人事物都值得回應。美好的一切值得奮戰，在那之前，我們必須確保自己擁有足夠的力氣。

4 / Strength ::
Lost and Found

巨嬰不適應症

凱莉與麥哥走進來時，臉色那麼冷，酒吧的空調瞬間下降了幾度。這兩人各自在生活中愁雲慘霧，約我出來喝杯酒，消消愁。

「還沒找到工作？」我問凱莉。

「還沒。」凱莉長長嘆了口氣，「哎，工作越找對自己越沒有自信。」

「那你呢？她還是不想復合？」我轉頭問麥哥。

「她意思也不是不要，就是要我先跟其他人斷乾淨……，但這樣我怎麼跟她們交代？」麥哥皺起那迷倒一整個小後宮的濃黑劍眉，低下頭點菸時，面色凝重又痛苦。

同樣的話題，同樣的煩惱，鬼打牆般反反覆覆了好多年。有過爛醉時的大徹大悟，也有過靈光一閃的決意改過，但總是走不了多遠又繞回原點，再次回到某家酒吧窄窄的桌子上，在我們小小的對話框裡重現。

凱莉從小是個完美主義者，長相好功課好人緣好，沒想到上大學後，彷彿累積了十幾年的壓力終於得以釋放，一下從緊繃的模範生直接崩塌成一攤爛泥，心情不好就翹課，懶得考試就不去，導致最後整整延畢了一年。那時她還不緊張，覺得自己名校畢業，工作不會難找，沒想到現實情況竟是，有頭有臉的大公司看不上她，沒名沒姓的小公司她看不起，就這樣在高不成低不就的狀態中不斷耗下去，而後面的畢業生又不斷長江推後浪淹上來。

每一次被拒絕，每一封履歷的已讀不回，都在自尊心與自信心上狠狠劃上一刀又一刀，凱莉從一個眾所矚目的美少女，長成了一個光芒褪盡的普通人。她漸漸相信延畢的事實將成為一生的汙點，也認為糟糕的在校成績會使她步步受限。再後來，凱莉連履歷都不投了，沒投沒傷害，正如從未驗證過的東西就不存在好壞，就和大學時期一樣，因為害怕考不好而乾脆不去考試、因為擔心自己不符期待便索性放棄那樣，凱莉又一次從現實中逃走，任恐懼將自己癱瘓。

她清楚認知到內在的缺陷，卻認為自己生來如此，難以改變，別無選擇。凱莉的自我認同與現實不斷齟齬，一點一點矮下去，最終將她困在台北一處不到十坪的小公寓，每個月靠父母給的微薄零用錢過活，生活少數的慰藉是兩隻貓和療癒系做菜影片。

麥哥從高一開始玩團彈吉他，高三時母親嚴厲禁止他在音樂上浪費時間，於是中間荒廢了好一陣子。大學時，他重拾興趣，和朋友組了一個樂團，寫歌錄音，做著做著竟然在獨立音樂圈裡有點名氣。身為吉他手的麥哥，女人緣一直很好，後來更與YouTube音樂錄影帶的點擊人數成正相關成長，喜歡他的女生太多了，於是他只好和高中時代就在一起的女友商議開放式關係的可能，一起學習愛與自由的真諦。不過，早在這份協議之前，麥哥已背著女友與兩三個追求者來往。麥哥的媽媽一直不喜歡他的女友，嫌她三流學校畢業，還讀文學這種沒用的東西，配不上他的理工菁英兒子。但女友是真心愛著麥哥，也不甘心數年的青春白白浪費，無論如何死守著正宮的位置，幾乎有種忍辱負重的淒美。

迷戀麥哥的女生們，喜歡麥哥書架上的太宰治，喜歡和他窩在破舊的公寓裡看九〇年代的港片，喜歡在Livehouse看完表演後一起喝啤酒，也喜歡他捲大麻菸時那熟練的手勢以及抽菸時近乎痛苦的爽快表情。

可是，她們沒看見的是，年近三十的麥哥，因為害怕惹媽媽生氣，直到現在，只要出門和媽媽討厭的那位正牌女友約會，都還是要撒謊說是和別的朋友出去；當麥哥聽著「給我一瓶酒再給我一支菸」這樣的歌詞時總是滿臉的滄桑，讓人誤以為他曾嚐過在蒼茫的大地上坎坷求生的滋味，而忘了他其實是一個背後有著父母撐腰，隨時有零用錢，即便失業也不至於淪落街頭的中產階級；而每當麥哥的情人威脅著要獨佔他，幾個女生甚至彼此廝殺得血流成河時，麥哥是一臉的痛苦也是一臉的愉悅，自我毀滅的浪漫傳統在他身上獲得了繼承，生命是如此的豐富、複雜，唯有像他這樣的藝術家才懂得，是他勢必承擔的天命。然而，當麥哥發現樂團的成長停滯不前，團員們一個個認份地開始朝九晚五，身邊情人也隨著年歲一個個分手或結婚後，才驚覺曾經的光圈漸漸黯淡了下去，鎂光燈外面還站著那位高中時期的女友，他看著她，心裡不是悔悟或感激，而是感傷自己終究是要成為了一個平凡大人。

凱莉和麥哥都懷念學生時代，為著不同的原因。

凱莉懷念日子有清晰的軌跡，每天固定的睡覺起床時間，每天的八節課早自習晚自習，每一學期由學校安排好的課外活動，還有那些小考期末考學測指考，那麼井然有序，那麼整齊劃一，有多少付出就有多少收穫，有努力就有獎賞。如此穩固踏實，令人安心。

真實的世界對凱莉來說只是混沌，從前按圖索驥的條條框框消失了，讓她徹底迷了路。面對廣大的世界，她感受到的不是自由的清新，而是無所適從的恐懼。

麥哥懷念的是鶴立雞群的感覺。曾經，在一眾只懂得唸書的書呆子同學之中，他覺得自己是特別的，他的生活不只有枯燥的考試，還有另一個專屬於他的秘密世界。後來，他在感情之中找到了他的獨特性，他是月亮，別人是星星，在眾星捧月的陣式裡，他體現了自我的價值，為了維持那樣的主角光環，他不惜欺騙愛人，操縱人心，後來鑽研哲學，也不過是為了找到說詞來合理化自身版本的正義。直到很後來，我才輾轉得知麥哥打過好幾個女人，原來能夠一邊囂張地打女人，一邊窩囊地怕媽媽的男人，是真的存在的。

成年人與幼童的差別之一，在於他們對自由的認知與掌握。

西蒙波娃與沙特的哲學中，貫穿了許多對於「自由」的思考。研究存在主義的學者Kate Kirkpatrick解釋，沙特認為一個人的現實性與超越性若是脫節，使他以為自己在人生中「別無選擇」、並相信自己「必定」是某個樣子的時候，就會產生「壞信念」（Bad Faith）。沙特比喻，假如一個服務生因為自己身為服務生，而否定了人生其他的種種可能，就是否定了自己的超越性，忽視他其實擁有的自由；然而，假如這個服務生完全忽視他的現實限制，誇大地認為自己絕對能當上企業總裁時，便是否定了自己的現實性，同樣也落入自欺欺人的陷阱裡。

而波娃更進一步說，人在追求自身自由的同時，也應該尊重與珍惜別人的自由。為了己利漠視或剝奪他人自由的，就像殖民者屠殺被殖民者、獨裁政權奪走無辜性命那樣，是邪惡的。

而我們可以將「服務生」這個身分，替換成其他的東西。例如，一個生在父權社會下的女人，一個活在種族歧視制度裡的黑人，或是說遠一點，一個像凱莉一樣不斷說服自己沒有選擇的人，或是一個像麥哥一樣濫用自由來滿足私慾的人。

凱莉恐懼自由，而麥哥玷污自由，他們對自身自由的認知與掌握仍舊幼稚，而他們的種種煩惱與失落，說到底，不過是一種巨嬰不適應症。

巨嬰們喜愛用看起來像大人的事物妝點自己，卻打從心底抗拒著長大成人；巨嬰們自我中心，眼裡只有自己的喜怒哀樂，他人的苦難則漠不關心；巨嬰們渴望重回母親子宮的溫暖，比起肩負自由的重責大任，他們更寧願服從他人；巨嬰以為自由是想做什麼就做什麼，而不是不願做什麼就不做什麼；有的巨嬰終將走上自我毀滅之路，有的則拖累著他人萬劫不復。

巨嬰不想變老，然而，時間殘酷而無情，它不等待任何人，也不偏愛任何人，它頭也不回一天一天往前奔去，落在後頭的，最終不是成為一座孤島，就是徹底滅頂。

而最悲哀的，莫過於一副成熟大人的身體，配上一個晚熟兒童的靈魂。

巨嬰不適應症的解方，是持續一生的自我認識與自我超越。不耽溺於個人的單一敘事，誠實客觀認識自己，用實際行動做出改變。當巨嬰體認到自己真正擁有的自由，以及隨之而來的責任，便是脫胎換骨轉大人的時候。

4 / Strength : Lost and Found

一邊工作，一邊旅行，一邊崩潰

身為一個天性懶惰又討厭客套社交的人，以前同學們在討論「未來志向」時，說的是想當醫生、生物學家、AI工程師等等回饋社會、造福人群，而我的夢想只是「可以在家工作」。

三生有幸，後來如願找到了一份遠距編輯職位，收到錄取通知書那天，我馬上辭去原本的辦公室工作，揮別了和不熟同事在茶水間巧遇的痛苦尬聊、揮別了擔心拉屎聲太驚悚嚇到外面的人而練就的夾肛術、揮別了早上八點擠捷運擠到想殺人的煩躁，我頭也不回，奔回家裡，床的方向。

終於脫離了辦公室的束縛，放肆呼吸著自由的新鮮空氣，內心深處的探險靈魂被喚起。

我想像自己是文藝電影的女主角，包包裡一台筆電，一本飽經風霜的筆記本，一支口紅，一本翻得爛爛的詩集，就這樣腳步輕盈，踏遍城市咖啡館，走遍世界各大都會，在海邊、在叢林、在不同的旅館房間從容游移，一邊寫作賺錢，一邊體驗人生，或許偶爾來場豔遇。

抱持著如此浪漫幻想，我開始規劃自己的小旅行，沒想到，初次上路就是幻滅的開始。

上班第一週，我訂了一間花蓮海景民宿，想像著邊看海邊寫作的愜意情景。沒想到，開工第一天竟爆發結膜炎，兩隻眼睛熱熱辣辣，每一次眨眼都像仙人掌刺反覆扎刺，睜眼也不是閉眼也不是，看電腦螢幕簡直成了一種殘忍酷刑。然而當時的我正處試用期，為了留下良好的第一印象，我咬牙撐完了一天。當晚闔上筆電那一刻，我轉身便癱倒在飯店大床上渾身虛脫，眼裡容納不下清涼海景，只有詛咒般烙印的文字殘影。

此時我才隱約驚覺，遠距工作雖使肉身不被辦公室綁架，卻不保證精神上的自由，每一封未在十分鐘內回覆的訊息、每一篇未依承諾時間兌現的稿件、每一個虎頭蛇尾後繼無力的規劃，都可能被視為一種無能，一種挑釁，一種薪水小偷的嫌疑。

我將第一次的失敗歸咎於壞運氣，不久後，又規劃了一場四天三夜的澳門之旅。

早上情人還在呼呼大睡，我已經打開筆電開始工作，想趕著在中午前完成一切，之後的時間就全歸我們所有。沒想到，當天工作萬般不順，本來已經定案的廣告，客戶又要求大幅修改，使得原訂工作計畫全部往後推遲。中午來了又走，情人在外面自己吃了午餐，幫我外帶了雲吞麵回來，我還在房間裡焦頭爛額。下午他自己去看了大三巴牌坊，去街邊小店吃了蛋塔喝了奶茶，黃昏時回到旅館，我還在與工作奮力纏鬥。下班時，是晚上七點，比起平常只晚了半個小時，我卻覺得像是晚了一整個世紀。

後來，幾個女生朋友邀我同遊越南，我想，這一次絕對不會再像以前一樣倒霉，於是抱著僥倖同意了。

這團除了我之外，各個都是魯蛇。一個畢業一年了還找不到工作，一個在職場宮鬥慘輸於是辭職旅行找自己，一個想要創業但至今依然突破不了瓶頸，而我將自己定位成一個能夠邊工作邊旅行、邊玩樂邊賺錢的時髦編輯，我與她們，是不同層級。

這次打的如意算盤和之前一樣：早早起床完成工作，剩下的時間盡情享樂。後來事實證明，還是太天真了。

我帶著筆電找咖啡廳，沒想到連跑了幾家，不是沒有插座、網速太慢，就是環境不適合久坐。遊牧民族逐水草而居，Digital Nomads們逐電與網而活，對一個遠距工作者來說，沒插座沒快速的網路，簡直就像逼一個廚師在只有一個電磁爐的廚房裡煮出滿漢全席。最後只好灰頭土臉回到旅館，邊探索咖啡廳邊工作的完美計畫，宣告泡湯。

終於挨到週末，本以為終於能將工作拋諸腦後，和朋友們好好一遊，沒想到職業病不知道什麼時候悄悄纏上了我。作為一個內容生產者，人生最大的恐懼除了斷電斷網外，就是缺乏素材。一樣是去餐廳吃飯，朋友們耽溺在五感愉悅之中，我卻忙著思考是否該寫一篇餐廳推薦合輯；一樣是在街上散步，朋友們無憂無慮，我卻神經質地觀察著四面八方，思考著能否挖掘出什麼題材；一樣是和人聊天，朋友們輕鬆自在，我卻像靈魂出竅般化身一個手拿筆記本的幽靈，振筆疾書地將詞句紀錄下來，以供未來創作使用……。

彈精竭慮，機關算盡。

旅程結束後，朋友們各個精神飽滿、容光煥發，而鏡中的我卻雙眼凹陷、疲態盡露。突然之間，我明白了誰才是真正的魯蛇。

一邊工作，一邊旅行，一邊崩潰。

邊旅行邊工作，理論上浪漫，實際上卻是一場不像惡夢的惡夢，遊魂在中陰地帶反覆徘徊，永遠無法單純工作，永遠無法單純生活，只是不斷地浪費旅費、壓榨心力，在一攤渾水裡永世輪迴。

後來終於學乖，該工作時工作，該旅行時旅行，順應自然，心無旁騖。

遠距工作之所以美好，是因為它放寬了公與私的界線，讓人能自行掌握節奏，在彈性中穿梭自如；然而，若是公與私的界線模糊了，一個人就成了工作，工作則成了他的所有，最後反而成了另一種禁錮。

最後終於坦然接受，人生和電影還是有所不同，我們只是平凡人，無論遠不遠距，一樣每天上下班打卡，一樣責任制，一樣每天一堆鳥事，而我們不過都是在有限的社畜人生中，很努力很努力地擠出一點點確幸罷了。

無夢可做的童話世界

考學測前半年，我每天只睡四個小時。

清晨起床，七點半到校，漫長的八節課，緊接著是晚自習。回到家後已將近十點，草草洗澡休息後，十二點準時就寢。凌晨四點，刺耳的鬧鐘將我驚醒，奮力將自己從床上撕起來，睡眼惺忪地擰開桌燈，開始夜讀。常常做惡夢，常常鬼壓床，但無論是惡夢還是鬼，都比不上父母的失望責罵、同儕的競爭睥睨與落榜的恐慌來得可怕。清晨時分，陽光從窗簾縫透了進來，我聽著外面城市甦醒的聲音，起身伸展僵硬發冷的手腳，刷牙洗臉後便揹著書包出門，去重複那千篇一律彷彿永無止盡的一天。

但丁若是體會過升學主義的可怕，或許《神曲》煉獄篇的內容會不太一樣。

想起從前那宛如苦役的悲慘歲月，總有種恍如隔世、此我非彼我的陌生感。當時的我涉世未深，不知道世界還能有別的模樣，而現在的我，無論如何是不可能願意再過那樣的日子的。我的父母和大部分父母一樣，對學歷有著偏執的信仰，他們無時無刻心急如焚，我們也時時刻刻覺得罪孽深重，在那樣由愛、孝道、責任、屈辱和期許所交織出的一團混亂中，「好學歷」簡直被視為某種救命仙丹，好像只要爭到了吞下了，父母與子女的一切痛苦都會煙消雲散。

後來才發現，這仙丹根本是深夜購物台賣的假藥，長久服用，成了頑固難除的慢性毒。

出了社會見識一輪後才驚覺，學歷的高低，和一個人的品質好壞並沒有絕對正相關，但是，我們自小便習於用一組分數去簡單粗暴定義一個人的價值，也接受他人用一套固定標準去決定我們的高低。在這個磨平個人形狀的過程中，我們漸漸變得只懂得追求價格，卻完全喪失了洞見價值的能力。

女性友人J的男友老是告訴她，「女人揹的包包多少錢，就代表她這個人多高級」，刺激得她總是捧著一個月三萬二的薪水，辛苦地在簇新閃亮的名牌包後追著跑。

經營自媒體的友人D，常常告誡粉絲們要愛自己原本的樣子，不要落入社群媒體的陷阱，但自己私底下卻對按讚數觸及率耿耿於懷，甚至不惜砸重金買假粉衝數字。

另一個投資虛擬貨幣的B，動不動就分享成功學心得，有事沒事就請人喝酒吃飯，儼然一名菁英人士的模樣。但真正認識他的人都知道，他唯一懂得的交友方式就是給人好處，而他身邊的朋友也只有在他請客的時候才會出現。

還有一對貌合神離的情侶，兩人私底下互動冷淡，幾乎沒有愛情可言，這麼多年了還在一起，只是因為看上了彼此漂亮的學經歷與家世背景，帶出去見人的時候上得了檯面。

就像我們曾經相信分數與學歷就是一切，後來我們也就輕易接受了車子房子、名牌服飾、職稱地位、嬌妻美夫就是幸福美滿的指標。那樣的天真，就足以讓我們忍受任何一種地獄般的生活，義無反顧。

從出生到年老，我們在人生競賽場中不斷奔跑，一個階段有一個階段的標靶，追求學歷、比拼經歷、買車買房、婚戀美滿、股票大賺、安養老年，有人說這叫追夢，於是有了夢幻學歷、童話愛情、人生勝利組等概念，並衍生出無數成功學、追夢課程、潛能開發等種種產業，但當整個社會都炒作著相似的夢想時，人間卻瀰漫著一股不安的氣氛，人們並沒有變得更加快樂滿足，世上的問題不減反增。

或許，那是因為我們把「目標」與「夢想」混淆了。

夢想是私人的，源自內在而非外在，無關外界期望，也無關責任義務，它呼應的是一個人內心真正的想望，而非乞求被人肯定的焦慮；而目標不過是人生某一階段的待辦事項，若我們將「目標」錯認為「夢想」，便會在每一次抵達終點的時候四顧茫然，不是撞上人生瓶頸，便是引發中年危機。

我們常常談論如何追夢，其實追夢並不困難，難的是要先有一個夢。

偏狹的教育，功利的社會，造就了一批又一批無夢可做，甚至不知道何謂做夢的人。有的人辛苦念完高中大學，對自己的未來仍毫無想法，什麼都聽父母的、學別人的，堂堂一個成年人，小小世界以外的人生一片空白；有的人順應社會節奏，升學謀職、結婚生子，該劃掉的人生清單一個個劃掉了，卻在夜深人靜時，感到一陣突如其來的委屈，想著要是當初做了另一個選擇，不知道現在的自己又會如何。

每一次我們任由他人為我們思考，就是放棄了一次形塑自我的機會，久而久之，便喪失了做夢的能力。

人之所以要有夢，不只為了人生無悔，更因有夢的人不會迷失。夢想不是階段性的目標，而是驅動人生的原動力，它會滲透到日常生活的縫隙裡，為一個人的所作所為賦予意義，人生於是不再只是漫無止盡的競逐，而是與內在深刻連結的自我修行。修行是寂寞的，追夢是孤獨的，因為那條路上沒有別人，只有自己，借用張愛玲所言，「凡是不願隨波逐流的人，都要耐得住那份寂寞。」而那份寂寞換來的，是徹底的自由。

敢於做夢，夢想有時候並不真的需要被達成，只需要作為漂泊人生的燈塔便已足矣。

追夢之前，我們得先重新找回做夢的能力，而第一件事，便是開始回應內心的聲音。

月經，睡眠，分泌物

有一次和T爭論「創傷」究竟能影響一個人多久。T比我年長二十二歲，有點大男人，行事作風十分神秘，我愛他卻又下意識想要反抗他，常常在他的話語中雞蛋裡挑骨頭，為了反對而反對，好像這麼做就能在某種意義上制伏他。「有些傷是沒辦法復原的。」T淡淡地說。「那只是心智不夠堅強而已。」話一衝出，我馬上後悔。果不其然，T的表情從哀戚轉為輕蔑，「妳真的是樂觀到所有事情都覺得理所當然。」他搖搖頭苦笑著說。我使出的摔角技被反向施展，臉頰貼地被他壓在地上，陣陣刺痛擴散開來。

很長一段時間，我認為T不過是倚老賣老，將我的年輕踐踏成一張膚淺的紙，好讓他這個老男人能在上面任意塗鴉玩樂。與他分開好幾年後，我在開刀房外的恢復室醒來，將醒欲醒間，想起了那天的那場對話，突然終於懂了他的意思。

少女時期，除了偏頭痛外，我的身體狀態一向良好。大病沒生過幾次，小病幾天就好，月事永遠準時報到，血量不多不少，血色濃淡適中，就連經痛都很少發生。但是我一直討厭月經，我討厭不能上游泳課、討厭從書包拿出衛生棉時的躲躲藏藏、討厭超商店員幫忙遮羞似地問「要不要紙袋？」、討厭男生們戲謔或是曖昧的表情，也討厭不小心沾污了內褲的經血。真是麻煩。好希望永遠不要來月經。我和同齡女孩們總是這麼抱怨著。

二十歲後，成年生活的壓力重重壓下，卻多了年少時期沒有的自由。自己賺的錢，拿來買新的衣服，買香菸和酒，買ＫＴＶ夜唱的時數，付每個月的水電房租。日子很重也很輕，總體來說算是快樂，年輕使人隨心所欲，青春讓人有恃無恐，健康更讓人無所畏懼。未來的日子縱使景色模糊，放眼望去仍是一片光燦燦的，世間沒有痛苦，所有問題只要有心都能解決。

日夜顛倒、抽煙飲酒、懶於運動、飲食不調的日子過了好多年，身體從未出過大錯，正以為這是人生常態時，身上的零件開始一一鬆脫。

首先是陰道炎。反反覆覆，連綿不斷，像一場永遠不會停歇的潮濕梅雨，嚴重時癢起來像一千隻紅火蟻同時咬嚙著陰道內壁，簡直讓人身不如死。看了好幾次醫生，吃了很多次藥，卻是春風吹又生，直到其中一位醫師語重心長告訴我，若是不徹底改變生活習慣，提升自體免疫力，恐怕這樣的情形只會更加難纏。

接著，二十多年來月月規律報到的月經，有一天突然缺席了。那段期間我頻做惡夢，有一次夢見自己生了對雙胞胎，一黑一白，夢裡的黑人男友見了白人孩子憤怒不已，白人男友見了黑人孩子也怒髮衝冠，於是雙雙憤而離去。醒來後，嚇得馬上安排婦產科門診，檢查過後，醫生說沒有懷孕，但月經不規則的狀況，懷疑與多囊性卵巢症候群有關。

回家後，戰戰兢兢搜尋多囊性卵巢的症狀，網頁一頁頁看下來，無不觸目驚心——多毛、掉髮、發胖、憂鬱、不孕、子宮內膜癌機率提升……，簡直是女性的頭號惡夢，最可怕的是，這種內分泌失調無藥可醫，只能依賴良好的生活習慣控制。

為了此事我消沈許久，雖然後來以上典型症狀並未出現，再次就醫後才發現當初是被誤診，然而經過這虛驚一場，我已對月經另眼相看。我不再將月經與分泌物視為噁心或羞恥之物，它們是健康的證明、精神的定心丸、平穩生活的基石。基於一種彌補虧欠的心態，後來每次到便利商店買衛生棉，我總是抬頭挺胸大聲地說，「不需要紙袋。」

幾年後，我在例行性的抹片檢查中，發現子宮頸出現異常細胞。幾次檢查後，醫師診斷是病毒引起的病變，自行好轉的機率比惡化的機率低，因此建議開刀處理。雖然只是個幾十分鐘的門診小手術，但生病的事實卻像個迷你震撼彈，在生活裡放射出無限漣漪。整整一個月，不能運動，不能提重物，性生活歸零，生病的緊張焦慮更使偏頭痛不斷發作，連帶影響了心情、寫作與人際關係。

從麻醉醒來時，我昏昏沈沈想到多年前和T爭辯的那個午後，那時的我年輕正盛，意氣風發，戀愛健康工作順風順水，成長過程從未受過真正的磨難，世界是蚌殼裡的珍珠，任我貪婪地任意取用。後來我才漸漸發現，月球的黑暗面不過轉個彎就到。這個世界上，有些話只有那些從未真正受過傷，又或是思想過於蒙昧的人才說得出來，例如，「努力一定會有回報」、「克服不了創傷只是因為心智不堅」、「這個世界用對眼睛看其實很美好」。理所當然的樂觀，年幼時是純潔無瑕，成人後就成了何不食肉糜的殘酷。

這些年，最在意的事情之一就是「賦權」，那是一個人挺拔生長的要件。女性賦權、自我賦權、empower，動詞兩端的主體與客體的反轉、推翻與多元，在反覆定義與實踐之中激發力量。過去，我對力量的追求多半聚焦在形式上與精神上，後來才漸漸發現，肉體上的進化與鍛鍊，也能為一個人帶來強大的改變。

月經準時是一種力量。頭痛不發作是一種肯定。健檢報告正常是歌舞昇平。一個人臉不紅氣不喘提著兩大籃菜爬上五樓，是一種自信。規律重訓下長出的肌肉線條，是一種自尊。瑜伽墊上的深層伸展與冥想，是一種自愛。能輕鬆登上一座山游過一面湖，是一種實力。將體能保持在最佳狀態，是一個人能夠好好獨立運作的證明。

精神的獨立與肉體的獨立同等重要。

讀書、思考、談話帶來力量。多喝水、多運動、規律睡眠，也無可限量。

每天跑步游泳長達三十多年的村上春樹，有次受訪時說，「作家如果長贅肉就完了。」

這句話意思不是他怕胖，也不是在羞辱肥胖的人，而是有點誇張地指出作家的肉體和精神一樣，都是珍貴的資產。就算是厲害的藝術家，若是時時神思倦怠、頭痛牙痛、甚至器官衰弱，或許也難以發揮本來應有的潛力。當然，短時間內將生命燃燒殆盡，以浴火鳳凰之姿留下百世芳名的人物也存在著，只是那樣的天才畢竟很少。對多數人來說，生命不是百米衝刺，而是一場耐力長跑。

二十出頭重視的是花花綠綠的事物，年近三十，只要分泌物氣味宜人，月經準時到來，睡醒時精神飽滿，排泄順暢正常，就是人生最大的勝利。

長大成人，不過就是學會對自己的安好負責，無論是遭遇失戀，還是經歷挫折，都還是按時好好吃飯運動睡覺。因為，世界上沒有任何人與事，值得我們磨耗自我直入地獄，一開始是一個人，結束時也是一個人，我們真正擁有的，只有自己。

後記
一片熟成的切面

寫這本書時的二〇二〇到二〇二一年間，發生了許多事情。新冠疫情改變世界。人生第一次開刀。六年的感情結束。在台東大海裡見到日蝕。親人病後的休養。新戀情的到來。朋友的離去。香港示威遊行。妹妹的兩隻貓。誠品敦南熄燈。菲律賓上空遇上火山爆發。日日夜夜的書與電影。空城。人生第一張健身房卡。很多夜晚的音樂與跳舞。在咖啡館寫自己的書。第一次吃牛肚。

外部歷史與個人事件交錯，只是無限長的時間裡，小小的編年片段。《寂寞作為一種迷人的慢性病》，是我的二〇年代裡的一個小切片，像刺青一樣，或許未來回頭看會覺得不那麼漂亮，也不那麼完美，甚至價值觀發生牴觸，不過，怎麼說都是紮實活過那一段人生的烙印。

我是個不相信星座的人，也不那麼信服命中注定，甚至刻意排斥算命，無關對或錯，只是不想破梗未來，喪失了一點反叛的趣味，也抹殺了隨性的自由。我情願相信人的一生是一場becoming的過程，少女熟成為女人，形狀不明的團塊收束成輪廓清晰的有機體，不是-ed而是-ing，如此，人便不是死物，而是活物。

人因為他人的存在而有意義。感謝在我的becoming過程中參與過的人，無論是短暫相遇還是長久陪伴，一句話，一本書，一個笑話，一場電影，我珍惜所有相遇的人事物，也希望這本書能在專屬於你的becoming過程中，擁有一點意義。

感謝悅知文化總編怡慧，在茫茫人海裡找到我。謝謝責任編輯小世、柚均、行銷雅云與悅知團隊，也感謝插畫家Amily Shen及設計師張巖，你們讓這本書以美麗的姿態順利成形。

感謝讀到此處的你們，讓這本書的出版成為可能。

J.E.S，你的智慧、幽默與溫暖陪伴，無可比擬的寶貴。

N.L，你在我人生中的意義無可取代，你使我成為我。

Toilets，你們是一群世上最好的朋友。

R.L&A.J，謝謝你們的陪伴以及餵養。

信伶、子緯與又葳，沒有你們作為後盾，一切將無比困難。謝謝你們的愛。

寂寞作為一種迷人的慢性病

作　　者 | 趙又萱 Abby Chao
發 行 人 | 林隆奮 Frank Lin
社　　長 | 蘇國林 Green Su

出版團隊
總 編 輯 | 葉怡慧 Carol Yeh
企劃編輯 | 鄭世佳 Josephine Cheng
責任行銷 | 鄧雅云 Elsa Deng
封面裝幀 | 張巖 YEN CHANG
繪　　者 | 沈鳳如 Amily Shen
版面設計 | 張語辰 Chang Chen

行銷統籌
業務處長 | 吳宗庭 Tim Wu
業務主任 | 蘇倍生 Benson Su
業務專員 | 鍾依娟 Irina Chung
業務秘書 | 陳曉琪 Angel Chen・莊皓雯 Gia Chuang
行銷主任 | 朱韻淑 Vina Ju

發行公司 | 悅知文化　精誠資訊股份有限公司
105台北市松山區復興北路99號12樓
訂購專線 | (02) 2719-8811
訂購傳真 | (02) 2719-7980
專屬網址 | http://www.delightpress.com.tw
悅知客服 | cs@delightpress.com.tw
ISBN：978-986-510-164-0
建議售價 | 新台幣360元　　首版一刷 | 2021年08月

國家圖書館出版品預行編目資料

寂寞作為一種迷人的慢性病/趙又萱(Abby Chao)著. -- 臺北市：精誠資訊, 2021.08
面；　公分
ISBN 978-986-510-164-0 (平裝)

863.55　　110011171

建議分類 | 華文創作

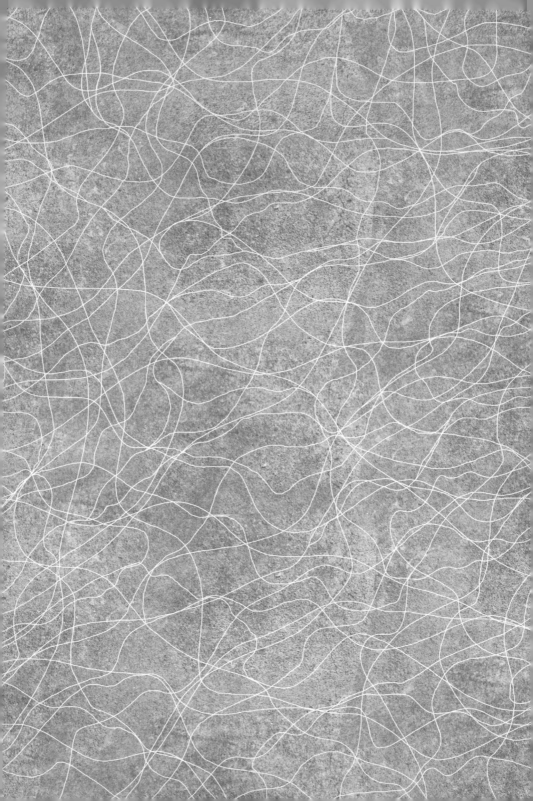

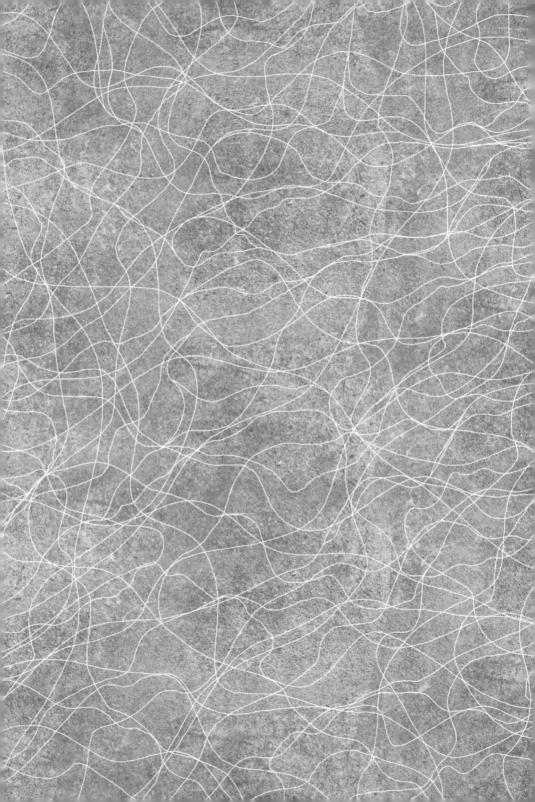

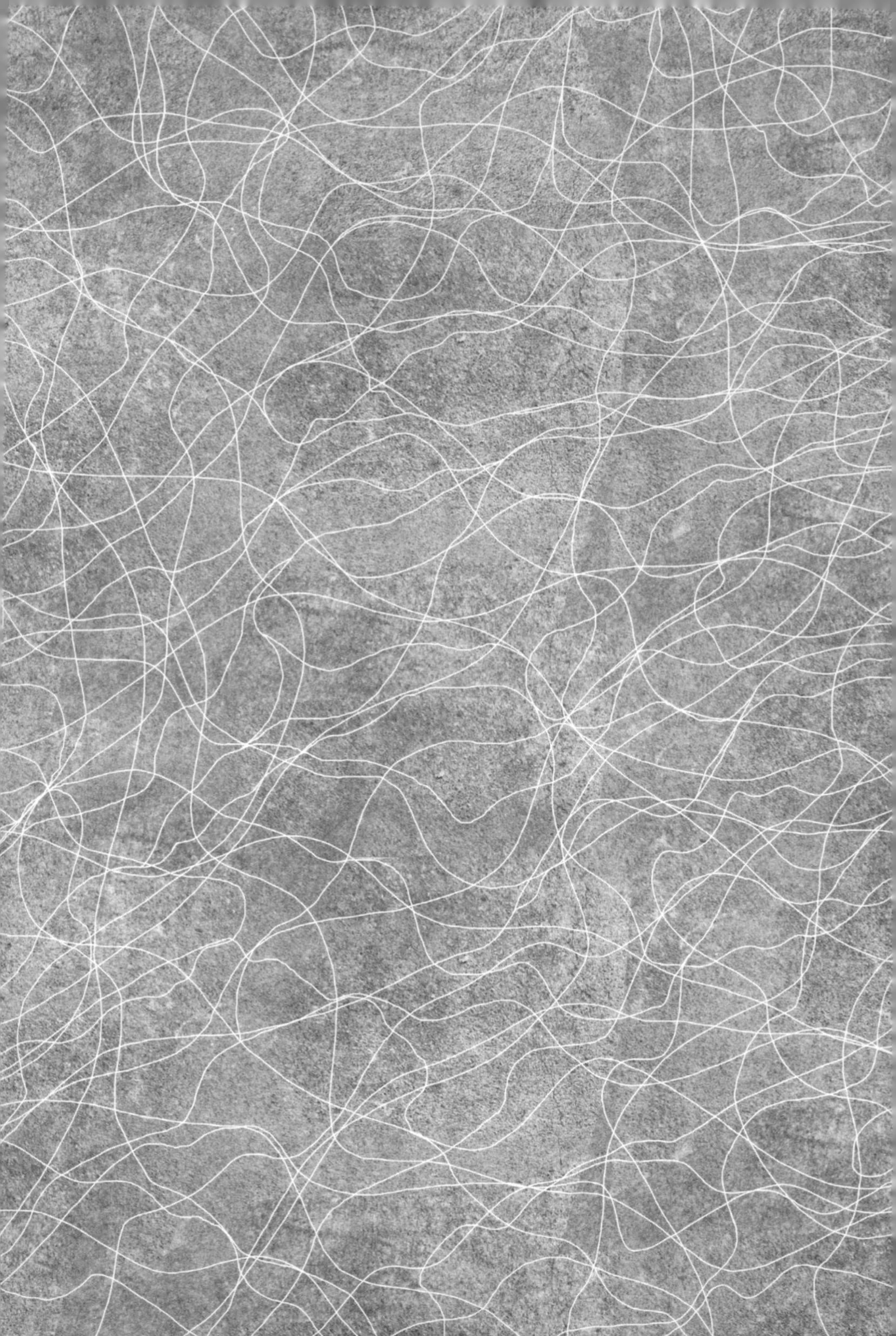

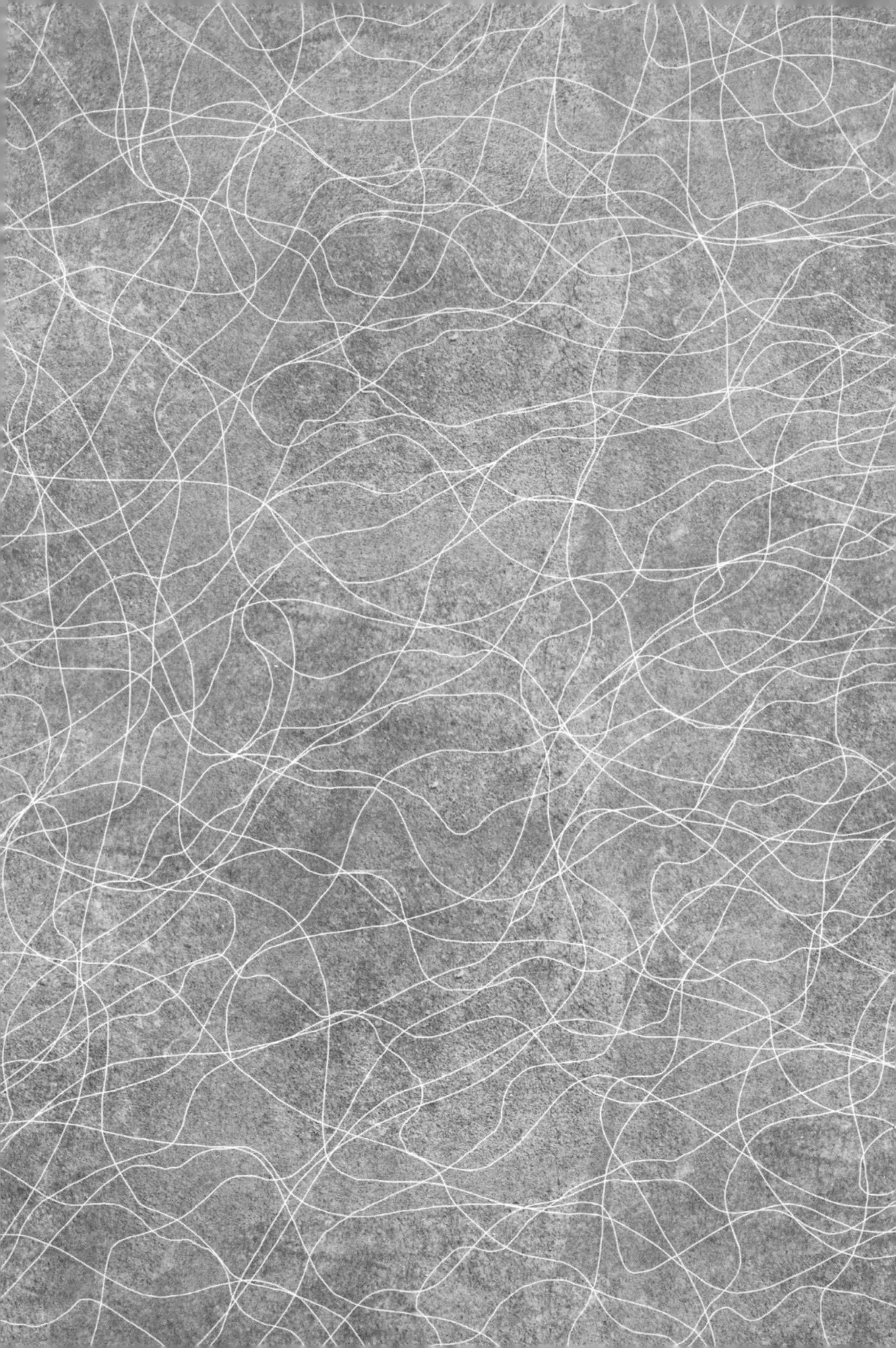